許せぬ所業

はぐれ同心 闇裁き11

喜安幸夫

時代小説

二見時代小説文庫

目次

許せぬ所業

——はぐれ同心 闇裁き 11

一　探索の目

一

「――このご時世、長くはないぞ」

町角で聞いたのではない。

松平家の家臣、しかも江戸藩邸の横目付が死の間際に言ったのだ。

松平定信の賭事一切停止の令を逆手に取り、江戸の裏社会を牛耳ろうとした家臣を、鬼頭龍之助らが秘かに始末したときの言葉だった。

このとき龍之助は、大松の弥五郎や増上寺門前の貸元一ノ矢の合力を得て、死体もうまく処理したのだが、

「――その者、ご政道ゆえに道を間違ったのかもしれぬ」

松平家足軽大番頭（おおばんがしら）の加勢充次郎（かせみつじろう）は、龍之助と事件の処理で鳩首（きゅうしゅ）したとき、深刻な面持ちで言ったものだった。

大番頭ともなれば、上屋敷の中奥で定信と直（じか）に対面し、状況の説明もできる藩の中堅どころである。その加勢が言ったのだ。ご政道ゆえに道を間違った……と。

（――この御仁、分かってござる）

龍之助は思ったものだった。松平定信の政道は、長くはつづかない……と。

「だっちもねーっ」

岡っ引の左源太（さげんた）が思わず吐いたのは、世にいう〝寛政（かんせい）の改革〟が三年目に入った寛政二年（一七九〇）皐月（さつき）（五月）の末のころだった。甲州言葉で、どうしようもないという意味だ。

「そうですよ、旦那。これじゃもうほんと、だっちもござんせん」

女岡っ引のお甲（こう）も言った。

いま話しているのは、神明宮（しんめいぐう）の石段下の割烹（かっぽう）・紅亭（べにてい）である。奥座敷というよりも、お甲の部屋だ。

神明町を仕切る貸元の大松の弥五郎とその代貸（だいがし）の伊三次（いさんじ）、それに増上寺門前の一ノ矢と代貸の又左（まただ）が顔をそろえている。一ノ矢の本名は矢八郎（やはちろう）といったが、増上寺門前町の一等地である本門前一丁目を仕切っていることから、周囲から〝一ノ矢〟と称ばれ、当人もこの通称を気に入っている。

「――どういうことなんでえ」

と、弥五郎と一ノ矢が左源太に頼み、北町奉行所の定町廻り同心である鬼頭龍之助を神明町に呼んだのだ。

この顔ぶれが集まるとき、いつもお甲の部屋が使われる。お甲が割烹の紅亭に仲居として入ったのは弥五郎の口利きであり、その弥五郎は同心の龍之助に〝住むところを見つけよ〟と、依頼されたのだ。それも、お甲が龍之助の隠れた女岡っ引であることを承知してのことである。承知というより、だからといったほうが当たっていようか。弥五郎の大松一家にとって、お甲が縄張内に住みつくのは願ってもないことだった。お甲は関東一円の貸元衆が垂涎の的とするほど、名うての女壺振りだったのだ。このことは、奉行所同心の龍之助のほうが承知の上といったところか。

おもての岡っ引である左源太も変わり種だった。龍之助が神明宮や増上寺のある芝から田町にかけての一帯で無頼を張っていたころ、腰巾着のようにつき随っていた遊び人が一人いたが、それが甲州無宿の左源太だった。賭場での喧嘩がもとで島送りになり、龍之助の計らいでわずか一年足らずで放免になって江戸に戻り、龍之助から岡っ引としての手札をもらったのはそのときだった。この左源太も、大松一家が縄張とする神明町の長屋に、薄板削りの職人として住みついている。それも大松の弥五郎が世話したものだった。

このように手下の岡っ引は風変わりで、土地の無頼たちとも奇妙な絆で結ばれている。神明宮や増上寺の門前町には、それぞれ無頼の貸元が縄張を持って根を張っているが、鬼頭龍之助もまた、その者たちをとおして一帯を北町奉行所の定町廻り同心として、他の同心が真似ることのできない強固な縄張にしているのだ。

昼間から料亭に上がり込み、土地の貸元衆や女壺振りたちと鳩首しているなど、奉行所の同輩が見たなら目を剝くことであろう。だが、龍之助と神明町や増上寺門前の貸元衆にとっては、これが自然の姿なのだ。

「旦那、知っていたんじゃねえんですかい」

「一ノ矢の。鬼頭の旦那に、そんな詰め寄るような言い方はいけねえぜ」

一ノ矢が龍之助に視線を据えて吐いたのへ、大松の弥五郎はたしなめるような口調で言った。

一ノ矢は広大な増上寺門前の貸元衆の頂点に立っているだけあって、風貌には凄みも貫禄もある。大松の弥五郎は、二つ名の〝大松〟とは逆に小柄で、それに坊主頭だ。

丸い顔に目つきが鋭く、愛嬌のなかに不気味さが感じられる。

「そうは言うが……」

一ノ矢は龍之助から、詫びるように視線を外した。

最初から、一ノ矢と弥五郎とでは意気込みが違った。大松の弥五郎が縄張とする神明宮門前の神明町には絵草子屋も浮世絵屋もないが、一ノ矢の縄張である本門前一丁目には絵草子屋と浮世絵屋を兼ねた商舗（みせ）が一軒あった、おなじ門前町で他の貸元の縄張にも小さな同業が点在していて、それらの多くは本門前一丁目の商舗から品を仕入れている、いわば独立した支店のようなものだった。

増上寺門前に林立する貸元たちのなかで、本門前一丁目の一等地を押さえる一ノ矢がこの門前町の筆頭貸元であるように、絵草子屋や浮世絵屋のあいだでも、本門前一丁目が中心になっているのだ。そこから一ノ矢が得る利益は大きい。

このことから、こたびのお達しに受ける影響は、無風の神明町より増上寺門前のほうが断然大きい。

松平定信の〝改革〟は、華美や贅沢な着物がご法度（はっと）になっているのはもとより、賭博の厳禁、吉原以外の隠売女（かくしばいじょ）の禁止、浮浪人の取締強化につづき、ついに欲情をそそる一枚絵や好色本の禁止のお触れが出たのである。

その内容が、町奉行所を通じて町々の自身番に触れがまわると同時に、各高札場にも貼り出された。

往来人らは高札の前に群がった。

「なんでえ、これは」

「えれえことになるぜ、こいつぁ」

「いいことはいいんだけどさあ、でもねえ」

と、諸人は眉をしかめ、ぶるると身を震わせた。

取り締まりはこれからだが、どこまでがよくてどこからいけないのか、それが曖昧だ。だから諸人は、新たな恐怖におののいているのだ。

賭博では、胴元もなく数人の仲間内で小博打を打っていたのが密告され、牢に入れられた職人や商家の奉公人たちもおれば、屋敷の中間部屋を博徒に貸してお家取り潰しになった旗本もいる。

隠売女では岡場所や夜鷹が標的になったばかりか、お妾を囲っていた商家の旦那が闕所（私財没収）になり、武士では切腹した者もいる。いずれも女は吉原送りだった。料亭で芸者を侍らせただけで、牢送りになった旦那もいる。

それらは、いまなおつづいているのだ。

取り締まる側の奉行所にしても、同心たちが間違いなく法度破りを摘発しているかどうか、松平家の者が市中を見まわっているのだからたまったものではない。

こたびのご布令に、これと目をつけた家々に役人が踏み込み、家捜しをしている図を町衆は想像した。家族の前であるじや息子たちが縄を打たれ、引かれていく光景が江戸の随所で見られることになろうか。それらは決していかがわしい一枚絵や好色本を隠し持っていた者に限らないことを、すでに諸人の嗅覚はかぎ取っている。

布令にあった。

——在来りのものといえど、華美になるを厳戒すべし。新たな書を出版するにおいても、猥りなるものは相成らず、好色の類に至りては絶版すべし

それだけではなかった。

——お家騒動、敵討ちのごとき、やや勧善懲悪のものにおいても、淫靡の分子を含むこと停止なり

江戸中の自身番では、町の町役たちが御触書を見ながら言っていた。

「——こりゃあ、親の敵を姉と弟が討つ話もご停止になるぞ」

「——戯作者も版元も、絵師も彫師も摺師も、みんな喰っていけなくなるぞ。絵草子屋も行商の貸本屋もだ」

「——それよりも、早う家に帰って押し入れを総ざらえしなきゃ。弁天様の一枚絵でも、女性（にょしょう）は全部だめじゃあ。桑原（くわばら）くわばら」

皮肉を言っているのではない。いずれもが真剣な表情だった。

それらの騒ぎを背景に、

「——ちょっくら鬼頭の旦那から話が聞きてえ」

と、一ノ矢が大松の弥五郎に申し入れ、きょうの鳩首となったのだ。

「一ノ矢よ。おめえの気持ち、分かるぜ」

龍之助は言った。

お甲の部屋で話すときは、同心だろうが与太だろうが上座も下座もない。全員が円陣を組むように座している。そのほうが互いに話しやすいのだ。それでも自然に、龍之助の左右は左源太とお甲が固め、伊三次は弥五郎のかたわらに、又左は一ノ矢の横に座るかたちになっている。

「近いうちに枕絵（まくらえ）はむろん、絵草子も一枚絵の浮世絵もご法度になりそうなことは、以前から話していたじゃねえか」

「そりゃあ予想としては聞きやしたが」

「柳営（りゅうえい）（幕府）のご老中からなんの前触れもなく突然、さあやれなどとお達しがあって、ここ数日奉行所もあたふたとしてらあ。仕事は増えるわ、どこまでどう取り締まっていいかも分からねえわでよ。だがなおめえら、分かっているだろう。町で取り締まっているのは、奉行所だけじゃねえってことをよ」

「つまり、松平さまの足軽衆や横目付衆ってことでやすね」

一ノ矢が返した。

「そういうことだ。そいつらときた日にゃ、俺たち奉行所の同心まで見張ってやがらあ。だから始末に悪いのよ」

「旦那ア。きょうここへ来なさるとき、大丈夫でござんしたか。ここへ松平さまのお侍さんたちが踏み込んで来たんじゃ、それこそ絵にもなりませんからねえ」

こういうときにもお甲に冗談が出るのは、龍之助への信頼のあらわれであろう。

「あたぼうよ。兄イは松平の動きなんざ、全部お見通しでえ」

「うおっほん」

左源太がふと言ったのを、龍之助は咳払いで制した。

お甲も左源太をジロリと睨み、

（あっ）

と、左源太は気がついたようだ。だが胸中に上げた声は、弥五郎ら周囲には覚られなかった。龍之助とお甲、左源太のあいだに瞬時、緊張の走ったのも勘づかれてはいなかった。

〝松平定信〟との関わりについて鬼頭龍之助には、左源太とお甲にしか打ち明けていない極秘の一件がある。左源太もお甲も、それを聞かされたときは仰天し、しばし声も出なかったほどだった。

「へへん。兄イがドジを踏むわけはねえってことでさあ」

「そりゃあそうだ。これまでもずっとそうでやしたからねえ」

左源太が言いつくろったのへ、伊三次が返した。伊三次も弥五郎とともに、龍之助たちとは長いつき合いである。

「そんなことよりも、鬼頭の旦那」

と、一ノ矢があらたまった口調をつくった。

「なにかあるかい。ともかく、おめえの増上寺のほうには危なっかしい商舗がけっこうあるからなあ。気をつけなきゃならねえぜ。くれぐれも取り締まっているのは奉行所だけじゃねえ。俺の手が届かねえところの御仁らも、いつどこに紛れ込んでいるか分からねえってことを忘れずに、な」

「そう、そこなんでさ。さっきの旦那の話から、お奉行所も突然のことで右往左往してなさることは分かりやした。ところが、どうやら町場で事前に知っていたやつがいるらしいので」

「なんだって！」

龍之助は一ノ矢を凝視した。事実なら、以前賭場への奉行所の踏み込みが、松平屋敷から事前に外部へ洩れていたのとおなじことになる

「おい、又左。この話、おめえから鬼頭の旦那とここの皆さん方に申し上げろ」

「へえ。それじゃ、あっしから」

又左は胡坐から端座に足を組み替えた。

大松一家の伊三次もそうだが、年行きを重ねている貸元に代わって機転を利かせ、動作も機敏でなければ代貸は務まらない。又左は三十がらみでその雰囲気があり、これも伊三次に似て中肉中背で目つきがなかなかに鋭い。

二

「一月ほど前でございやす」

又左は一同の視線を受け、話しはじめた。

「縄張内の絵草子屋から聞いたのでやすが、美人の一枚絵や枕絵、それに人前では読めそうにない絵草子など……」

「まあ、いやらしい」

お甲は声を上げたものの、

「本門前一丁目の絵草子屋さんといえば、確か柳屋さん、じゃなくって柳堂でしたねえ、錦絵も売っている。そこが、なにか？」

興味深そうな口調でさきを急かした。

「へえ。その柳堂でやすが、これまでにねえような大量の注文を受け、どっちも在庫総ざらえの上に、版元に急ぎの注文まで入れたそうで。注文してきたのは、中門前一丁目の一光堂だそうで」

「いやあねえ。それで、そんなのばかりいっぱいそろえたのですか」

またお甲が口を入れた。

「柳堂の宋兵衛旦那の話じゃ、無理してかなりの量をそろえたそうです。その直後でさあ、お上からなにもかもご停止のお触れが出たのは」

「すりゃあ一光堂め、大急ぎで屋根裏か押し入れの奥に隠したろうなあ」

左源太が言った。

「さあ、どこにどう隠したかは知りやせんが、宋兵衛旦那は首をひねり、一光堂はなにやらお上につながりがあって、こたびのお触れが出るのを事前に知っていたのではないか……と、いまいましそうに語っておりやした」

停止の触れが出た以上、これから猛然と取り締まりの始まるのは必定だ。だが、なくなることはあり得ない。それら〝商品〟は〝貴重品〟となり、裏の売買で闇値が二倍にも三倍にも跳ね上がるだろう。しかもどの絵草子屋も浮世絵屋も、新たに仕入れることができなくなるのだ。

「うーむ」

大松の弥五郎が唸るようにうなずき、

「なるほど、買い入れた時期ができ過ぎているなあ。一ノ矢の、こいつはひょっとすると、中門前一丁目の貸元、次郎左どんだったなあ。そやつが一枚嚙んでいるかもしれねえぜ。一光堂といやあ、路地裏で看板も出さず酔客相手に商っているところじゃねえのかい。そこが本門前のおめえさんに断りもなく、柳堂から買い占めみてえな大それた仕入れをするなんざ、一光堂だけでできる仕事とは思えねえ」

「そこよ、大松の。そのとおりだ。相手が次郎左ってことになると、これからなにが起こるか分からねえ。しかも、お上のご政道がからんでのことだ」

一ノ矢は弥五郎に視線を合わせた。

増上寺は徳川将軍家の菩提寺であれば寺域は広大で、その門前町もまた広い。寺の表門は見上げるような深紅の太い柱の観音開き門で、土地の者はこれを大門（だいもん）と称（よ）び、その大門が寺域と町場の境になっている。

大門から東へ火除地（ひよけち）のように広い往還が延び、そこはさながら広場のようであり、二丁（およそ二百米（メートル））ほどにわたって両脇に料理屋や参詣人のための旅籠（はたご）に各種の商舗が建ちならび、南北に走る東海道と十字型に交差している。

この大門から東海道までの町場で、南側が増上寺の門前町となっている。町の名は大門に最も近いところが本門前町で、東海道に近いほうが中門前町といった。本門前も中門前も、大門の広い通りから南へ一丁目から三丁目までつづき、その本門前一丁目を仕切る貸元が一ノ矢で、中門前一丁目を仕切っているのが次郎左である。

それら増上寺の門前町と大門の大通りはさんで北側に位置しているのが、神明宮の門前町で神明町となっている。神明町の通りは一丁半（およそ百六十米）ほどで道幅も狭く、小ぢんまりとした町場で、ここを仕切っている貸元は大松の弥五郎一人で、増上寺のように貸元同士の揉め事はない。

その代わりでもないが、増上寺の貸元同士の揉め事に、大松の弥五郎が仲裁役を買うことがときどきある。増上寺の貸元の諍いに増上寺の貸元が仲裁に出たのでは、逆に問題が大きくなり、門前町すべての貸元を巻き込み、抜き差しならぬ事態になってしまう。隣町である大松の弥五郎は、まさに仲裁人として打ってつけなのだ。周囲もそれを認めている。

増上寺門前町の代表格が本門前一丁目の一ノ矢なら、その次に顔を利かせているのが中門前一丁目の次郎左である。この二人が揉めるのは危険というほかない。だから一ノ矢は事前に、大松の弥五郎に話を持っていったのだ。

一ノ矢は弥五郎から龍之助に視線を移し、

「おっと、旦那。誤解しねえでもらいてえ。あっしは次郎左の兄弟を密告しているんじゃねえ。次郎左を密告したんじゃ、縄張内の柳堂さんまで連累ってお縄になっちまいまさあ」

「ははは、一ノ矢の貸元さん。それは心配いりやせんぜ。さっきも兄イじゃねえ、旦那が言っておいでだったじゃありやせんかい。気をつけなきゃならねえって。危な絵など、他人の目に触れるところから、早う隠しなせえってことでさ」

左源太が言ったのを、

「ま、それはそれとしてだ」

龍之助は肯是するように引き取り、

「おい、一ノ矢。おめえ、俺が知っていて黙っていたか、それとも中門前の一光堂とかに洩らしたのじゃねえかって疑ってやがったろう」

「い、いいえ。決してさような」

「一ノ矢の。いくらおめえさんでも、それは許されねえぜ」

一ノ矢が顔の前で手の平をひらひらと振ったのへ、大松の弥五郎は強い口調の言葉をかぶせた。

「そのとおりで」

と、代貸の伊三次もつづけた。

一ノ矢が当惑しているのへ、

「まあ、そういうことはなかろう」

と、龍之助は一ノ矢をかばうようにつづけた。龍之助もこの顔ぶれのなかでは、武士言葉より伝法な町人言葉になる。龍之助にとってもそのほうが話しやすいのだ。

「俺は中門前の次郎左を知らねえわけじゃねえが、道で会ったら挨拶を受けるくらいで、ろくに口をきいたこともねえ。一光堂なんて吝な商舗は、きょう聞くのが初めてだ。そこのあるじ、名はなんといいやがる」

「きょうじと申しやす。橋に次と書きやして、橋次で」

代貸の又左が応えた。

「ほう、橋のある町ででも生まれたかい。また経師屋（きょうじや）あがりかと思ったぜ。ともかくだ、そんな路地裏の小商いが、ご政道の先を読んだ買い付けなんざできるとは思えねえ。中門前一丁目の次郎左が嚙んでいると見て間違（まちげ）えなかろう。これは一ノ矢、おめえの仕事だぜ。探れ」

「へえ」

返事をしたのは又左だった。

「それからだ、お触れが出る時期をながしたのは誰かってえことだ。買い付けの時期を見りゃあ、ながしたやつがきっといるはずだ。言っておくが、町奉行所の者じゃねえ。俺も柳営からお達しが出たその日まで知らなかったのだからなあ。これは北町も南町も変わりねえはずだ。ということは……」

『松平屋敷の誰か』

転瞬、左源太とお甲は口から出かかったのを抑（おさ）えた。龍之助がなにやら松平屋敷と関わりのあることを、たとえ大松の弥五郎たちであっても覚（さと）られてはならないのだ。

「…………」

「松平屋敷のどなたかで？」

しばし沈黙のあと、声を入れたのは伊三次だった。去年、松平屋敷の横目付の死体を、手下（てか）を差配してうまく処理したのは、この伊三次なのだ。

（また松平家か）

その伊三次が思っても不思議はない。

「そのとおりだ。俺たち奉行所の同心でも知り得ないことを、事前に知るなんて器用なまねができるのは、松平屋敷の者しかいねえ。それも下っ端じゃ無理だ」

龍之助は言い、さらにつづけた。

「次郎左への探りは一ノ矢に任せるとして、松平屋敷への探索は俺がやろう。こいつぁ場合によっちゃ、去年、横目付を葬（ほうむ）ったときよりも、もっと大事（おおごと）になるかもしれねえぞ」

「まったく松平の殿さんが推し進めている、なんでも停止（ちょうじ）のご政道で、松平屋敷からこうもつぎつぎと悪徳家臣が出るたあ、このご政道も……あっ」

一ノ矢が言いかけ、思わず息を呑んだ。いかに鬼頭龍之助の前とはいえ、やはり奉行所の同心なのだ。

「あははは」

龍之助は笑い、

「それは、松平のお屋敷だからだぜ」

「えっ？」

又左は意外といったような声を上げ、弥五郎も伊三次も一ノ矢も、似たような解せぬ顔つきになった。

その疑問に応えるように、

「おめえら、考えてもみろい。これまでの停止、停止の政道が最も厳しく施行されているのはどこだと思う。松平屋敷さ。屋敷の人ら、さぞ息苦しさに悲鳴を上げていることだろうよ」

「なるほど」

龍之助が言ったのへ、弥五郎がうなずきを入れた。

だから、

（停止を逆手に、溜飲を下げてやろう）

などと思う者が出ても不思議はない。しかもそれが利を生むとなれば、一石二鳥ではないか。

一同は得心した表情になった。

三

「――松平屋敷への探索は俺が」

龍之助は言ったものの、すぐに動いたわけではない。動くには、ある程度の手証が必要なのだ。

中門前一丁目の一光堂に、松平家の家臣が出入りしているという手証だが、これは左源太と一ノ矢に任せてある。それをつかんでから松平家の足軽大番頭の加勢充次郎に会い、町奉行所の同心として現場で挙げて一波乱起こすか、加勢の要請を受け入れるかたちで闇に葬るかを判断する腹づもりでいる。

月が皐月から水無月（六月）に変わった。

まだ暑さのつづくなか、果たして世の中は諸人が予測し恐れたとおりの事態になっていた。江戸市中の絵草子屋や浮世絵屋がつぎつぎと踏み込まれ、没収された絵草子や一枚絵は数知れない。

このときはまだ、没収の上きつく叱りおくだけで、あるじが大番屋に引かれるまでには至らなかった。

だが、

「なんと理不尽な！」

「えっ、そんなものまで！」

「世話を焼かすな。そういうお達しなのだ！」

と、江戸のあちこちで役人と商舗との小競り合いがあった。

奉行所には連日、没収した絵草子や浮世絵がうずたかく積み上げられた。積み過ぎて崩れ、風に舞えば部屋にも廊下にも中庭にも飛び散り、

「まあ、これは!?」

と、奉行所の女中が拾い上げ、

「ちょいと、ちょいと、これ！」

と、朋輩（ほうばい）数人でそれこそ鳩首する光景が見られた。一枚絵の中には湯あみする女や男女の目合（まぐあ）う枕絵がほとんどであったが、なかには、

「えっ、これがどうして？」

と、女中たちが首をかしげるものもあった。茶汲み女を描いた美人画なのだ。

要するに基準がない。それを没収してきた役人たちは現場で言ったものだった。

「──この色合いを見ろ！　華美ではないか。ご政道に反する」

龍之助が定廻りの範囲とする東海道の周辺からも、けっこうな量の絵草子や一枚絵が出てきた。もちろん神明町も増上寺門前も定廻りの範囲で、しかも中心地で最も危ない一帯である。

しかし、その範囲で悶着は起きなかった。

「――おめえら、縄張内の危なっかしい商舗に触れてまわり、すこしずつでいいからお触れに引っかかりそうな絵草子や一枚絵を提出させろ。あとは目に触れねえところに隠せと言っておけ」

龍之助が弥五郎や一ノ矢たちに告げたのだ。

危ない商舗は、およそ土地の貸元たちの息がかかっている。

集まった。

それを龍之助の差配で町の自身番に回収し、奉行所へ届ける。

龍之助の成績は上がり、誰からも文句は言われない。

松平屋敷から町場に出ている密偵は、おもに足軽衆(ごじょう)だった。なかには町人に変装をしている者もいる。龍之助の定廻りの範囲では、御掟に引っかかるような絵草子も一枚絵も出てこない。松平定信から町奉行が叱責され、その譴責(けんせき)が龍之助に落ちてくることもない。

無理やり没収してまわれば商舗の反発もあり、どこかに齟齬を来たし、そこに密偵たちがつけ入るすきも出てくるものだ。

それに、二波、三波が必ずある。そのときには一枚でも一冊でも御掟に背くものや華美のものが見つかれば、死罪にはならないまでもお叱りや百敲きでは済まず、闕所（私財没収）のうえ江戸所払いか、悪くすれば遠島が待ち受けているだろう。

「――気をつけろ」

龍之助は弥五郎や一ノ矢たちに言っている。その言葉は代貸の伊三次や又左たちを通じて町場に伝えられる。

神明町に浮世絵や一枚絵の暖簾を張っている商舗はないが、日暮れてから酔客が町をふらつくころ、

「へへ、旦那。おもしろい絵がありやすぜ」

と、声をかけて売りさばく者が出没することを、龍之助は知っている。

そうした売人たちには伊三次が、

「おう、気をつけろ。密偵が出ている。遠島になりたくなかったら、得体の知れねえ者には絶対、声をかけるんじゃねえぞ」

触れていた。

当然、売人たちは、

「いつまでつづきますんで。こんなことがよう」

伊三次にも又左にも訊く。

二人とも応(こた)えていた。

「そう長くはねえ」

龍之助からの請売(うけう)りだが、

「どのくらい長くはねえので？」

それは龍之助にも分からない。

「兄イ。増上寺のほう、路地裏に小さな暖簾を張っていたところなんざほとんど閉じて、もっぱら飲み屋で酔客から注文があったときだけ売っているようですぜ」

神明町へ微行(びこう)した龍之助に左源太がそっと言ったのは、弥五郎や一ノ矢たちと石段下の割烹・紅亭で鳩首してから一月(ひとつき)ほどを経た、水無月（六月）の末(すえ)つ方(かた)だった。

二人は茶店・紅亭の縁台に座っている。

石段下の紅亭が割烹なら、神明町の通りが東海道に行きあたった角に暖簾を出している紅亭は、神明宮への参詣人がちょいと一休みする、入れ込みの板の間も家族連れのための座敷もある、大振りな茶店だ。〝茶店本舗　紅亭　氏子中〟と大書した大きな幟（のぼり）を立てており、街道から神明宮へ参詣に行く人の目印になっている。

茶店であれば、街道に縁台も出している。参詣人に限らず、道行く人がちょいと休んでいくにも便利だ。

その縁台の一つに、着ながし御免の黒羽織に髷（まげ）は粋（いき）な小銀杏（こいちょう）の、一目で奉行所の同心と分かる龍之助と、腰切半纏（こしきりばんてん）を三尺帯で決めた職人姿の左源太が腰を据えている。目の前を往来人とともに大八車や荷馬に町駕籠がつぎつぎと土ぼこりを上げながら通っておれば、そこでご政道にかかわる話をしているなど、誰も思わない。二人だけなら、内緒の話をするにはかえって都合のいい場所だ。それに、この界隈への出役（しゅつやく）のときにはこの茶店・紅亭の奥の部屋を詰所としているから、店の者も龍之助に愛想がよく、龍之助の存在が周囲に威圧感を与えることもない。

「で、中門前の一光堂はどうなっている。一ノ矢はまだなんの手証もつかんでいねえのかい」

「それなんでさあ、兄イ」

左源太は、人前では龍之助を〝旦那〟などと言っているが、二人だけのときは無頼を張っていたころのように〝兄イ〟と呼んでいる。

「暖簾を降ろしやしたぜ」

「えっ。危ないのばかり買い占めて、それで商舗を閉じたのかい」

「へへへ。おもては閉じても、商いは閉じていやせん」

左源太はそれが当然のように言う。

増上寺門前の町々の路地裏に散在していた、好色本や枕絵ばかりを商っていた小ぢんまりとした商舗のほとんどが暖簾を降ろした。これは増上寺門前に限らない。いずれもそうだ。なまじ暖簾を出していて役人に踏み込まれたら、それこそ闕所か遠島になってしまう。置いているのが、そうした類ばかりだからだ。

それで商いを閉じていないとはどういうことか。飲み屋や女郎屋では、客が店の者によく訊く。

「――そういったの、近くで売っているところはないかい」

すると店の者はたいてい、

「――旦那も好きですねえ」

と、声を低め、路地裏での商いの者が呼ばれる。女郎屋の女や飲み屋のおやじたちはなかなかの目利きで、お客が密偵でないかどうか確実に嗅ぎ分ける。そうした店と款を結び、商いをつづけているのだ。

だが、増上寺門前町での仕入れ先となる柳堂に、そうした類の在庫はすでにない。

路地裏の小さな商舗などは、畳の下や屋根裏に隠した在庫を売りさばけば、もう商いはできなくなる。他所から仕入れようとすれば、闕所や遠島の危険がともなう。お先は暗いのだ。

「ほう。裏で商っているのか。だが、それじゃ数はさばけねえだろう。せっかく大量に仕入れたっていうのによ」

「ところがそうじゃねえらしいので」

「どういうことだ」

二人が座る縁台の前で町駕籠と大八車がすれ違い、土ぼこりの立つなかに、

「あら旦那。左源太さんをお供にお見まわりですか」

「あぁ、ちょいとな」

神明町で顔見知りのおかみさんが声をかけてきたのへ龍之助は返した。

おかみさんは近所に用があるらしい。

「ご苦労さまです」

と、通り過ぎるのを龍之助は目で見送り、

「奥の部屋へ移ろうか。詳しく話せ」

「へえ」

二人はそろって腰を上げた。

極秘の話をするのに、さすがにおもての縁台では気分の上でもちょいとまずい。

「おう。奥を借りるぞ」

龍之助が言うだけで、茶店・紅亭では準備がととのえられる。

暖簾を入るとそこは板敷きの入れ込みで、土間からつづいている廊下を奥へ進むと、板戸がならんでいてそこが畳敷きの部屋になっている。部屋と部屋の仕切りも襖ではなく板戸で、廊下に面した板戸が各部屋の出入り口になっている。

龍之助がそこに入るとき、いつも一番奥の部屋が用意され、話を立ち聞きされないため手前の部屋は空き部屋にされる。

座は、その一番奥の部屋に移った。まだ午には間があり、畳部屋に客が入っていなかったのもさいわいだった。急なことで奥に二部屋がとれないときは、場は石段下の割烹・紅亭のお甲の部屋ということになる。

「危ない品を抱えたまま、近くの飲み屋や女郎屋にも出入りせず、いってえ何をやってやがるんだ」

「そこなんでさあ、一光堂の橋次のかしこいところは」

「もったいぶるな。早う、からくりを話せ」

「へえ。つまり、お武家を相手に商っているわけでして」

「なるほど」

左源太の話に龍之助は得心の声を洩らした。

大名家では参勤交代でほぼ一年おきに国おもてへ大名行列が組まれる。随行する者は毎回数百人だ。このとき江戸のかわら版や地方では手に入りにくい錦絵や美人画などは、貴重な土産品となる。そこにきわどい枕絵などが幾枚か挟み込まれるのは自然のながれであろう。

それだけではない。武家屋敷の奥向きでは、江戸城の大奥をはじめ女たちが色っぽい絵草子に興奮し、

「——まあ、いやらしい」

「——えぇえ。こんなことまで」

と、数人で騒ぎながら一枚絵を囲んだりもしている。歴とした高禄の旗本が秘かに美人画に見入り、ついでに枕絵ににんまりと視線を這わせたりもする。

それらを供給するのはおもに行商の貸本屋だが、下男や中間が主人に言われ、ちょいと町場に出て買ってくることもある。

ところが町場では買えなくなり、貸本屋も仕入れが困難となる。

それらのあいだに秘かに噂がながれる。それも武家の奉公人同士、貸本屋の同業者のあいだとかなり限定された範囲での聞き伝えとなり、町方の耳には入りにくい。

「——増上寺門前に行けば……」

「——なんという店だ、場所は……」

と、もちろんご停止のお触れが出てからわずか一月で、そうした聞き伝えが広まるはずはない。だが、そうなるのは必至である。

すでにその兆候があり、

「武家の奉公人らしい男が大門の広場から、まわりの目を警戒するように中門前一丁目の町場に入り、迷うことなく暖簾もすでに出していねえ一光堂の表戸を引き開け、また周囲を見まわし、さっと中に入った……と、一ノ矢の若い衆が俺の長屋へ走って伝えに来たんでさあ」

又左の差配で、一家の若い衆が大門の広場に出張っているようだ。

「いつのことだ」

「へへ。きのう夕刻のことでさあ。だからきょう、八丁堀へ知らせに行こうと思っていたところへ、兄イが来たって寸法で」

やはり、おもての縁台では話せない内容だった。

左源太はつづけた。

「すぐに一ノ矢の若い衆と、中門前一丁目に走りやしたぜ」

「ふむ」

龍之助は左源太を見つめたまま、一膝前にすり出た。

「駈けつけると、見張っていたもう一人の若い衆が、入ったきりでまだ出てこねえと言うもんで、俺も一光堂のある路地の角で待ちやした」

「それで？」

「出てきやした。びっくりしやしたぜ。誰だと思いやす」

「もったいぶるな。誰だ」

「野郎、町人の形（なり）を扮（こしら）えていやがったが、松平屋敷の足軽組頭（くみがしら）、倉石俊造（くらいししゅんぞう）じゃござんせんか」

「なんだって！」

これには龍之助もつい声を上げた。

さらに左源太は言った。

「出てきたのは二人、中門前の次郎左親分でしたぜ。野郎、先に行って倉石を待っていやがったのに違（ちげ）えねえ。次郎左はそのまま地元だから、てめえの住処（すみか）に帰（けえ）りやしたが、倉石のほうでさあ。面が割れているあっしが尾けるのは危ないと思い……」

「ふむ」

「一ノ矢の若い衆に尾けてもらいやした。そのまままっすぐ、幸橋御門内の松平屋敷に帰って行ったそうで。野郎、一光堂の橋次を挙げねえばかりか、逆に次郎左などと組んでこそこそ会ってやがる。おかしいですぜ」

「うーむ」

龍之助は唸った。

倉石俊造といえば、大番頭の加勢充次郎の配下にあって最も行動的で、

（役務に熱心な男）

と、龍之助も評価している松平家の家士である。

すでに一光堂への疑問だけではなくなった。

しかも足軽組頭のなかでも倉石は、加勢充次郎が龍之助に依頼している極秘の探索に関わっている仁なのだ。市井で〝高貴の出〟を名乗る者がいるとの噂を聞けば、すぐさま加勢の下知で町方の龍之助に合力し、その背景を探るのに奔走していた。

だから当然、龍之助はむろん左源太とも面識がある。

左源太の口からその名が出たとき、

（まさか）

一瞬、龍之助の脳裡を、枕絵とは異なる別種の緊張が走った。左源太も一光堂から出てきた男の面を見たとき、同様の緊張を覚えたものだった。

加勢充次郎が龍之助に極秘に依頼していることとは、松平定信が直に加勢充次郎に命じたものであった。その内容は、武家地はもとより、町場での探索も必要だった。そのために加勢充次郎は、北町奉行所の定町廻り同心の鬼頭龍之助に秘かに依頼したのだ。数多い同心のなかでも、

（最も市井に通じている）

龍之助をそう見込んだのだ。それだけでも、加勢は大番頭だけあって人を見る目があるといえようか。

「――市井にまだ一人、田沼意次の隠し子がいるはずじゃ。找し出せ」

松平定信は上屋敷の中奥の一室で、極秘に命じたものである。

前の老中首座であった田沼意次を蹴落とし、みずから老中首座に就くなり手をつけたのが、柳営で意次の息のかかった者の追い落としと、意次の血筋の者への完膚なきまでもの締めつけであった。このため、意次血縁の者はことごとく悲惨な境遇に追い落とされた。

だが一人、消息の知れぬ者がいた。意次が大名に出世する前、千四百石の旗本であったころ、側室に産ませた隠し子である。それが男か女かも判らない。判っているのは、その側室が子の生まれる前に屋敷を出たということだけである。それも含め、一人残らず叩き潰すのは定信の執念となっている。

その意を受け、江戸次席家老の犬垣伝左衛門（いぬがきでんざえもん）は精力的に武家社会で、それに該当する者はいないか調べた。

いなかった。

ならば側室は町場の出で、その腹から生まれた子は町場に潜（ひそ）んでいる……。

その判断の下に、町場での探索を命じられたのが足軽大番頭の加勢充次郎だった。足軽なら町場への出入りも多く、市井に通じていようという理由からだ。そこで加勢に実働隊として指名されたのが、組頭の倉石俊造だったのだ。定信がこうまでも〝田沼意次の隠し子〟の探索に執念を燃やしつづけていることを、松平家で知る者は次席家老の犬垣伝左衛門と足軽大番頭の加勢充次郎と、それに組頭の倉石俊造の三人のみである。

その倉石が増上寺の中門前一丁目に来た。

一人で、しかもあたりをはばかるようにであれば、枕絵の探索などではない。なにやら別種の目的を持った……と、思っても不自然ではない。

「まさかとは思うが……」

龍之助は真剣な顔で言った。

田沼意次の隠し子の守りは鉄壁である。なぜなら、鬼頭龍之助がその〝田沼意次の隠し子〟だからだ。松平家の加勢充次郎は、意次の隠し子に、意次の隠し子の探索を依頼していることになる。見つかるはずがない。

「兄イ。まさかとは……どっちのまさかでござんすね」

「どっちとは、おめえはどう見る」

言うなり、

「しっ」

龍之助は叱声を吐いた。

同時だった。

「旦那ア、ひどいじゃありませんか」

板戸の向こうからお甲の声だった。

「開けますよ」

と、自分で開けて入ってきた。紺の着物に黄色の帯の割烹・紅亭の仲居姿のまま来ている。

「さっき町のお人から、龍之助さまと左源の兄さんがここの縁台で話していたって聞いたから、茶店の人がいつあたしを呼びに来るかと待っていたら、誰も来やしない。それであたし、勝手に来たんですよう」

うらめしそうに言いながら、龍之助の横に足をすこし投げだし、端座を崩した姿勢に腰を下ろした。

「おう、お甲。まったく呼びもしねえのに。話はいいところに来てたんだ。じゃまをしやがって」

「じゃまじゃねえ。ここの茶汲みに、お甲を呼びにやらせようと思っていたら、話がほんとうに佳境へ入ってしまったのだ。お甲にも聞かせておかなきゃならねえ」

「ほら、ごらんな」

「左源太、お甲にもさっきの話をしてやれ」

「いえ。お甲も知っておりやすので」

「あら、松平屋敷の倉石さまが一光堂に来たって話ですか。あたしも兄さんから聞いて驚きましたよ。だから落ち着いていられなくって。それでお呼びが来るのを待っていたのにぃ」

お甲は突くように肩で龍之助を押した。実際、きのう左源太に聞かされ、お甲もまさかと思ったものである。落ち着かないのも事実だ。それだけお甲も、龍之助の身を案じているのだ。

「それなら話は早い。さあ、左源太。つづけろ」

「お甲姐さん。お茶をお持ちしましたよ」

板戸の向こうにまた声が立った。茶店の茶汲み女だ。

お甲は板戸を開け、敷居のところで盆を受け取り、板戸を閉めた。

部屋はお甲が加わったことでなごやかになるよりも、かえって緊張が増した。

奉行所から大勢の捕方がくり出しての派手な打ち込みには、左源太もお甲も出番はない。だが奉行所とは関係のない、闇の打ち込みには左源太の分銅縄（ふんどうなわ）と、お甲の軽業（かるわざ）と手裏剣はなくてはならないものとなる。

三人がそろって湯飲みを口にあて、盆に置く音も同時だった。

「さあ、お甲も加わった。おめえ、〝どっちのまさか〟などと言うからには、思ったのは一つじゃあるめえ」

龍之助は左源太をうながした。

「へへへ、兄イ。話しまささあ」

左源太は不敵な語調になり、

「倉石さんが兄イを找(さが)すのに、なにやら糸口をつかみ、それであっしらが無頼を張っていたころの縄張に来て探り始めた……。こいつが一つめのまさかでさあ」

さすがは龍之助と無頼を張っていたころからのつき合いで、おっちょこちょいのところもあるが勘はなかなかに鋭い。

お甲は思わず、隣の部屋との仕切りになっている板戸に目をやった。空室になっている。この話は、この三人の顔ぶれでしかできないことなのだ。

「うむ」

龍之助は肯是(こうぜ)のうなずきを見せ、

「もう一つのまさかは」

「つまり、へへへ」

と、こんどは話題にする者たちへの、皮肉を込めた口調になった。

「吝(けち)な一光堂の橋次(きょうじ)はもちろん、あそこの貸元の次郎左(じろうざ)親分だって、お大名家や旗本屋敷へ売り込む力なんざありゃしねえ。それを松平屋敷の倉石さんが、小遣い銭稼ぎに請け負ったと……」

「えっ。まさか、あのお侍が！」

いる。

お甲が声を上げた。お甲も幾度か修羅場をくぐっておれば、当然倉石俊造を知って

(役務一筋の、喰えない人)

と、してである。

「ふふふ。それこそまさかだぜ。おめえの頭もまわるようになったなあ。さあ、もう一歩進めろ」

「へえ」

左源太が言おうとすると、

「あっ、分かった」

お甲が口を入れた。

「松平のお人がそっとながす分には、誰も監視する者がいない。探索で得た話だとして、場所だけもったいぶって話せば、あとは聞いた人が自分で探って一光堂にたどり着く。行けば実際に買えたとなればその話、またたく間に広まるはずよ」

途中から加わったのに、もうすっかり話の中に入っている。さすがにお甲も身の俊敏さだけでなく、頭の回転も速い。

「てやんでえ」

左源太はふてくされ、

「それ全部、俺が話そうとしたことじゃねえか」

「まあ、それはそれでよい。俺もそのとおりだと思う。だがよ、あの役務一筋の倉石俊造がだ、どうやって中門前の貸元などと結びつき、暖簾を降ろした一光堂に出入りするようになったかだ」

「…………」

「…………」

左源太もお甲も、そこまで推測は及ばなかった。

龍之助はふと、これまで感じなかった不安を脳裡に走らせた。むろん、左源太もお甲もおなじだった。まだ夏の盛りの、暑い日だった。

四

懸念は当たっていた。

こたびのなにもかもご停止の触れが出る二月ほど前、夏にはまだ早い弥生（三月）のころだった。

幸橋御門内の松平家十万石の上屋敷だった。おもての政庁の一部屋で他の者を入れず、足軽組頭の倉石俊造は大番頭の加勢充次郎と額を近づけ、声を落としていた。

「――一つ、つかみましてございます」

倉石はその場に低声を這わせた。

〝田沼意次の隠し子〟探索の件ではまったく進展のないなか、加勢は期待した。

倉石は言った。

「――田沼さまが旗本であったころ、そこへ屋敷奉公をしていた老婆を找しあてましてございます。四ツ谷の町場に暮らしている、呉服屋の女隠居でした」

「――えっ。旗本のころといえば、隠し子の生まれたころではないか」

「――さようにございます」

加勢の期待は高まった。

「――その隠し子、男でございました。件の女中が外に出てしばらくしてから、屋敷の女中たちのあいだで、タキさんから男の子が生まれたとの噂が広まったそうでございます」

「――タキ……？」

「――はい。そういう名の女中にて、いずれより奉公に上がったか問い詰めましたところ、日本橋に近い商家の娘とかですが、すでに老齢で職種も屋号も記憶にはございませんでした。その女隠居を糸口に、さらに聞き込みをと思ったのですが……」

「──ふむ」

加勢は膝を乗り出した。

「──先日、他界いたしましてございます」

「──むむっ」

「──なれどその隠し子、生きておれば四十前後。名は判りませぬ」

「──うーむ」

加勢は唸った。なぜもっと早くその老婆を找し出せなかったと叱責しても詮無い。むしろ、褒めるべきか。おぼろながらとはいえ、ようやく具体的な手証を得たのだ。

「──よくそこまで調べた」

加勢は褒め、さらに言った。

「──その隠し子、生きて市井にあるとしよう。ならばだ、解せぬことが一つある」

「──はあ」

「──考えてもみよ。田沼さまは旗本から大名へ、さらに老中首座へと異例の出世を遂げたお方だ。その過程でわれらの殿を圧迫されつづけたが、それはひとまず脇に置くとしてじゃ。田沼さま出世の過程において、その親族のお人らはことごとく引き上げられ、相応の地位を得た」

「――そのようで。あっ、分かりました。もし隠し子がいたなら、そのときなぜおもてに出て来なかった……でございましょう」

「――そうじゃ。これまでわしらが田沼さまに連累（つな）がる者で、その隠し子だけが分からなかったというのは、二つ考えられる」

「――いかように」

倉石が一膝前にすり出たのへ、加勢は思うところを開陳（かいちん）した。

「――一つは、その者が世捨て人になり、当人にその気がなかった」

「――ふむ。で、もう一つは」

「――父親の知れぬ子として生まれたのであろう。町家で暮らし、拗（す）ねて無頼の徒に身を投じていた。よって引き上げられなかった……」

「――うーむ」

こんどは倉石が唸り、

「――找してみましょう。まずは日本橋のあたりで、四十年ほど前、親族に旗本屋敷へ奉公に上がって宿下がりをし、一子をもうけた女人（にょにん）はおらぬか……と」

「──そうじゃ。あのあたりには大振りの商家が多く、娘に箔をつけ嫁入り道具の一つにするとかで武家奉公に出している家は多い。しかし四十年以上も前じゃ。大変だと思うが、子をもうけたとなれば噂にもなったであろう。その噂を拾うのじゃ」

「──はーっ」

停滞したままであった〝田沼意次の隠し子〟探索の件に、初めて具体的な目標が見えたのだ。さっそく加勢は江戸次席家老の犬垣伝左衛門に報告した。

「──うむ。やれ！」

犬垣も勢いづいた。

だが、加勢充次郎は胸中につぶやいた。

（──いまさらその者を洗い出し叩き潰すなど、殿の執念にも困ったものよ）

人前（ひとまえ）では言えない。家老の犬垣伝左衛門にはむろん、配下の倉石俊造の前でも、言えば処断がまっているだろう。なにしろ屋敷全体が相互に密偵となっているのだ。定信のご政道で最も苛立（いらだ）っているのは、当の松平家の家臣たちなのだ。

その疑心暗鬼の構造を、松平定信は江戸の町全体に押し広げている。密偵に密偵がつき、町奉行所の同心たちまでもがその対象となっているのは、定信の性格に起因するものであろう。

倉石俊造は動いた。他の組頭たちが配下の足軽衆を使嗾し、町々に繰り出し町方の探索に手落ちがないか、洩れ穴がないかと探っているなか、倉石は配下を町人に変装させ、日本橋界隈に武家奉公の噂を集めるべく走らせた。みずからも左源太が増上寺の中門前町で見かけたように、町人風体を扮え奔走している。

しかし、町場は広く、商家は多い。

噂は集まらない。

――宿下がりをしてから、一子をもうけた。男児だとはいっても、四十年も前である。

なおも倉石は找した。

（――町場にいても、武士の血が流れている。世を拗ねても、並ではないはず）

組頭とはいえ足軽の身分で、武士からは武士と看做されず、町場に出ては町衆から町人とは見られず、溝を一筋へだてられる。

そうした境遇にある倉石には、その妾腹の〝男児〟の気持ちが、

（――分かるような）

気がする。

手をまわした。

「――一風変わったというか、気位の高いような、浪人くずれかもしれねえ。そういう四十がらみの与太はいねえか」

あちこちの貸元に当たった。

聞き込みに関しては、これまでの密偵走りが役に立ったようだ。かなりの貸元たちの所在を知っており。みずから〝密偵〟であることをにおわしながら、聞き込みを入れて行った。

それら知っている無頼の一人が、増上寺中門前一丁目の次郎左一家であり、さらに路地裏の一光堂だった。部屋の壁には、数々の枕絵がこれ見よがしに並んでいた。挙げなかった。なにもかもご停止の触れが出るすこし前だったからだ。だがこのときすでに、倉石はご停止のお触れが出ることを、加勢から耳打ちされ知っていた。

それがなぜ、お触れの出たあとも、倉石は一光堂を挙げないばかりか、次郎左も交え鳩首していたのか。それは当人たちしか知らないことだ。

一枚絵などのご停止のお触れで奉行所までが混乱する前後のことだった。茶店の紅亭でお甲も加わり、三人で鳩首する一月(ひとつき)ほど前のことである。

夕刻近くに奉行所より八丁堀の組屋敷へ、老僕の茂市(もいち)をお供に戻った日だった。

「──あ、旦那さま。ちょうどよござんした。お客さんが来て、居間に上げておきましたじゃ」

言いながら玄関からウメが出てきた。留守をいつも任せているウメにしては、お客に対しぞんざいな言いようだ。奇妙に感じながら黒羽織のまま居間に入ると、

「──旦那さまの言付けを持って参りました」

と、畳に両手をついたのは丁稚髷に前掛姿の小僧だった。ウメの言葉が鄭重でなかったのがうなずける。

室町の乾物問屋・浜野屋の小僧だ。小僧はあるじの与兵衛から、

「──先方の主人以外に、浜野屋から来たと言ってはいけない」

と、言われていたのだ。ウメは話すのにぞんざいな口調にもなろう。

用件は口頭だった。

「──至急、会いたい」

あしたである。このとき龍之助は、浜野屋が新たな停止に触れ、それのもみ消しかと思い、理由を訊いたが小僧はあるじからなにも聞かされていないようだった。ともかく龍之助は、

「──あすの午、神明町の割烹・紅亭」

と、指定した。そこなら龍之助が最も落ち着けるし、誰か探りを入れていたり尾(つ)ける者がいたとしてもすぐ分かり、極秘に人と会うのに最も安全な場所なのだ。

浜野屋の小僧は用件だけで、龍之助があるじ与兵衛のようすや店の景気を訊くいとまもなく、すぐに走って帰った。与兵衛からそうしろと言われているようだ。与兵衛の用心深さがうかがわれる。

「――なんなんですかね、あの小僧さん」

と、ウメはあきれたように玄関口でその背を見送った。

浜野屋与兵衛……龍之助の従弟(いとこ)であり、浜野屋は龍之助の母・多岐(たき)の実家である。浜野屋から田沼家の旗本屋敷へ奉公に上がり、意次の子を宿して宿下がりをしたとき、多岐は、

「――実家に迷惑はかけませぬ」

と、東海道筋の芝二丁目の江戸湾芝浜(しばはま)に近い町家の小さな一軒家を借りた。そこに龍之助が生まれたのだが、名は多岐がつけた。意次の幼名・龍助(たつすけ)から取ったのだ。実家が浜野屋であり父筋が高禄旗本であれば、母と子の二人暮らしであっても窮することはなく、多岐は龍之助を武士の子として育て、芝四丁目にあった鹿島神當流(かしましんとうりゅう)の室(むろ)井玄威斎(いげんいさい)道場へも通わせた。さすがは意次の第一子か、二十歳のころには免許皆伝と

なっていた。

町での無頼の日々が始まったのもこのころである。

母の死後、北町奉行所の同心になれたのは、

――田沼家の迷惑にならぬ生き方を
と願った母が、生前秘かに空きのあった同心株を買い、さらに室井玄威斎の推挙があったからだった。

そのあいだに浜野屋でも世代が代わり、代々受け継がれている〝与兵衛〟の名は、多岐の弟が継ぎ、さらにその長男に移っていた。すなわち、龍之助の従弟(いとこ)である。だから当代の与兵衛は北町奉行所の同心である龍之助を〝従兄(にい)さん〟と呼び、龍之助はあくまでも他人を装い〝浜野屋さん〟と呼んでいた。

松平定信の権勢を恐れてのことではない。田沼意次が権勢をふるっていたときからである。それは浜野屋の世代が代わるとき、

（――わしは身代の分与など求めませぬぞ）

との意思表示であった。多岐の心意気を、龍之助は受け継いでいたのだ。

だがいまは、松平定信の世だ。田沼意次の血筋であることがおもてになれば、龍之助の命どころか、そこに連累(つな)がる浜野屋の身代まで吹き飛び、与兵衛の家族も多くの

奉公人たちも路頭に迷うことになるだろう。

浜野屋の小僧が与兵衛から、八丁堀の鬼頭屋敷の下働きの者にまで〝浜野屋〟の屋号を伏せるように言われていたのは、そこからくる用心のためだった。


翌日、龍之助は呉服橋御門内の北町奉行所に出仕するとすぐ、

「――やあ、皆さん。お互い大変でございますなあ。私はちょいと枕絵を探しに持ち場を微行してきますよ」

と、同心溜りの席を立った。

「――いやあ、鬼頭さんのところは、増上寺や神明宮があるというのに、おもて立った騒動の一つも起きないなど、大したものですなあ」

「――さよう、さよう。不思議なくらいですよ」

その背に同輩たちが言う。実際、こたびの枕絵に限らず、隠売女や賭博のときも、龍之助がいかに鹿島新當流の達人とはいえ、広大な増上寺の門前町や一癖ありそうな神明町を抱えながら、波風ひとつ起てることなく取り締まりの実を挙げていることに、同輩たちは驚嘆するとともに不思議がってもいるのだ。

「――なあに、やつらのなかに飛び込んで、なだめているだけですよ」

龍之助は応えた。まさしくそのとおりなのだ。それもまた、龍之助にしかできない芸当であった。

このとき神明町では、浜野屋との鳩首を、左源太とお甲にだけ知らせた。大松一家の弥五郎たちとは、まったく関係のない話なのだ。

相手が浜野屋与兵衛とあれば、お甲の部屋を使うわけにはいかない。昼の時分どきとはいえ、龍之助の申し入れであれば、女将は奥の一番静かな部屋を用意した。来た。小僧も手代も連れず、与兵衛一人だった。

部屋に入るなり、

「――従兄(にい)さん！　ついに来ましたよ、ついに」

と、蒼ざめた表情で言った。

「――浜野屋さん。なにを興奮しなさっているのかね。さ、一口お茶でも飲んで」

龍之助はゆっくりした口調で膝の前の盆を手で示した。

口を湿らせ、与兵衛は話しはじめた。

途中で中断しないように、

「――膳は話が終わってから」

と、女将（おかみ）にあらかじめ言っている。

「――来たのですよ、従兄さん。得体の知れぬ者が」

ふたたび言う与兵衛の口調と顔色に、龍之助は緊張を覚えた。いま江戸市中で話題の枕絵ごときで、与兵衛がこのようなうろたえを見せるはずはない。

「――得体の知れぬ者？　なんです、それは」

「――町人の形（なり）はしていますが、あんなの町人じゃありません。高飛車なもの言いだし、それに第一、わたしらとおなじ町場のにおいがしません」

「――ほう」

龍之助は、それが松平家の足軽の変装だとすぐに分かった。

「――で、何用で？　それに、来たのは浜野屋さんだけにですか」

「――いいえ、まわりほとんどと、往来人にまで」

「――浜野屋さん、落ち着いて。その得体の知れない者が、なにか聞き込みでも入れていったのですか」

室町（むろまち）は、日本橋の北側に広がる町場である。日本橋といえば諸人は、高札場の広場があって京橋や新橋につながる南詰より、北詰の室町を連想する。

「――そうなんです。軒並み、訊いていきました。この近辺で四十年前、高禄の旗本屋敷へ奉公に上がり、宿下がりをしてきてから男児をもうけた女はいないか……と」

「——なんだって！」

龍之助は与兵衛を凝視した。

与兵衛はつづけた。

「——そりゃあ四十年前に限らず、あの町には現在も娘を武家奉公に出している家は少なくありません。わたしも何軒か知っています。昔から、珍しいことでは……」

「——聞き込みの連中は、田沼屋敷とは限定していませんでしたか」

「——いえ。近所にわたしが訊いた範囲では、田沼さまの名は出てきませんでした」

聞き込みに〝田沼〟の名を出せば、こやつら松平さまの手の者かとすぐ分かる。倉石俊造もそこは気を遣っているようだ。

「——ただ、四十年前、高禄の旗本屋敷と、それだけでございます」

「——与兵衛さん」

と、龍之助は屋号よりも与兵衛の名を呼び、

「——俺の母者、多岐のことは覚えておいでか」

「——はい。父や母から聞いております。伯母ですから。わたしも子供のころ、ほれ、

あの芝のお家に行き、従兄さんと芝浜の海岸で遊んだことが……」

「──そうそう、あったあった。砂山をつくったり貝を拾ったり。うふふ、覚えておるか。おまえが蟹を踏んで……」

「──はい。血が出て、多岐おばさんが水で洗ってくれて、包帯まで……」

「──……」

「──……」

しばしの沈黙がそこにながれ、

「──ですが、多岐おばさんのお顔は……」

与兵衛がふたたび話しはじめた。

「──もう、おぼろげにしか覚えておりません。父や母が、しっかりした人だと幾度も言っていたのは、覚えています」

「──親族の与兵衛さんが〝おぼろげに〟なら、隣近所の者ならなおさら……」

「──はい。多岐おばさんを直接知っているお人は、わたしの知る限り、一人もおりません。浜野屋の奉公人のなかにも。ですが、そのようなことに探りを入れてきたということは……やはり」

「──松平さまとみて間違いないでしょう。まったく、執念深い御仁よ」

龍之助は大きく嘆息し、

「――ともかく与兵衛さん、よく知らせてくれました」

手をたたいてお甲を呼び、膳を運ばせた。

(――このお人が龍之助さまの従弟の方)

さりげなくお甲は柔和な与兵衛の顔を確認した。

「――そうそう。一人引き合わせておきましょう」

と、お甲の部屋で待っていた左源太を呼び、

「――向後(こうご)、俺から連絡(つなぎ)をつけるときにはこの者が……」

岡っ引であることを話し、引き合わせた。

これからその必要がどれだけ出てくるか分からない。

座敷はふたたび龍之助と与兵衛の二人となり、箸を進めながらも、

「――大丈夫でございましょうか」

と、やはり話題は定信からの探索を離れることはなかった。

「――与兵衛さん、心配いりませんよ。探索の手の者どもは、浜野屋一軒に絞って来たわけではないでしょう。そやつらは結局なにもつかめず、四十年前の芝二丁目の住まいにつながるはずはありません。いつもと変わりなく商いをつづけていてください。

それに……」

龍之助は声を潜め、

「――このご政道、長くはつづきませんよ」

「――えっ」

従兄とはいえ、奉行所の同心である。その口からの言葉に与兵衛は驚きながらも、

「――そう願いたいのですが」

町場の本音を洩らしていた。

この日、与兵衛は神明宮へのお参りが目的だったように、参詣をして帰った。もし四十年前、田沼屋敷を宿下がりした多岐が室町の浜野屋に戻っていたなら、室町での探索で倉石俊造は、慥と得るものがあったかもしれない。

一人になった座敷で、

「――ふーっ」

龍之助は大きく息をついた。与兵衛には心配いらないと言ったものの、おぼろげながらも倉石が多岐と龍之助の輪郭をつかんだのを、気にしないわけにはいかない。まさしく龍之助には、加勢充次郎が倉石に示唆したように世を拗ね、無頼を張っていた一時代があるのだ。

だからこそであった。倉石が増上寺の中門前町に現れ、貸元の次郎左や一光堂の橋次らと連絡を取っていると聞かされたとき、絵草子や一枚絵にからむ問題よりも、自分の足元への懸念を覚えざるを得なかったのだ。

五

まだ夏の盛りの暑い日、街道おもての茶店・紅亭の奥の部屋である。午には間のある時刻だった。龍之助はまだ左源太とお甲と話し込んでいた。

なぜ中門前一丁目に倉石俊造が……。

龍之助に判断がつきかねれば、左源太とお甲にはさらに分からない。

『十年か二十年前だ、この町に侍か町人か分からないような拗ね者が、ぶらぶらしていなかったか』

無頼で鹿島新當流の達人であったなら、街道筋でも町場でも目立った。一ノ矢も大松の弥五郎もそのころの龍之助を知っており、だから北町奉行所の同心となってからも、なかば〝お仲間〟として相互に親近感を持っているのだ。

『そういやあ、噂には聞きやしたぜ、そんなのがいたってことを』

倉石に訊かれれば、次郎左は応えるかもしれない。次郎左は弥五郎や一ノ矢よりもひとまわり若く、直接そのころの龍之助を知っているわけではないが、噂には聞いていよう。

(まさか、その上がりがあの鬼頭どの?)

倉石は首をひねり、にわかには信じないだろう。だが、そこに龍之助の名は出るだろう。疑心暗鬼ながらも松平屋敷は、〝田沼意次の隠し子〟の端緒をつかんだことになるのだ。

それとも、倉石とて人の子か。どのように次郎左や一光堂と結びついたかは分からないが、隠し子の探索よりも利を求め、一枚絵などを売りさばく橋渡しをしようとしているのか。

いずれにしろ、探りを入れなければならない。

「左源太」

「へえ」

「おめえ、いますぐ幸橋御門に走れ」

「がってん。松平屋敷でやすね。岩太(いわた)につなぎをとって加勢充次郎さまへ。で、甲州屋の奥座敷にはいつ」

「早いほうがいい。日時は向こうに任せよ」

「へいっ」

左源太は茶店の紅亭を出た。


太陽が中天にかかろうとしている時分になっていた。

「あ、兄イ。やはりここにいてくれやしたかい」

と、左源太が息せき切って戻ってきたのは、午をすこし過ぎた時分だった。

お甲は割烹の紅亭に戻り、龍之助は増上寺の大門の通りをぶらりと見まわり、ふたたび茶店の紅亭に入り、

(左源太が戻ってきたら、一緒に昼めしでも喰うか)

思いながら、街道に面した縁台に腰を下ろしたところだった。

「おぉう、早かったじゃないか」

下ろしたばかりの腰を上げ、左源太を迎えた。実際、早かった。太陽は西の空に入ったばかりで、走って行って走って帰って来たような時間しか経ていない。

「おっとっとっと」

左源太は縁台の前でたたらを踏み、

「きょう、きょうですぜ。しかも七ツ時（およそ午後四時）に」

隣の縁台に、町場のおかみさん風の三人連れが腰を据え、べちゃくちゃと話しながら茶をすすっている。いずれかの町内のお仲間で神明宮へ参詣に来たのだろう。三人のおしゃべりはぴたりと止んだ。同心が座っているところへ職人姿の者が走り込んで来て、なにやら報告調に話しはじめたのだ。

「奥で聞こう」

龍之助は左源太の肩を暖簾の中へ押した。

午前の時間帯に、お甲をまじえ左源太から倉石俊造が一光堂を訪ねたとの報告を受けた、あの一番奥の部屋である。

そこでまた龍之助と向かい合い、左源太は言った。

松平屋敷では、裏手の勝手門から中間（ちゅうげん）の岩太が、加勢充次郎の文（ふみ）を持って出ようとしていたところだったらしい。

そこへ左源太が勝手門の潜り戸に飛び込んだのだった。

「それがこの文でさあ。岩太がすぐさま奥にとって返し、加勢さまはちょうどいいとばかりに岩太に言付けし、あした四ツ（およそ午前十時）というのを、きょう七ツ（およそ午後四時）に変更……と。文は書き直していないが、口頭で述べよ……と」

「どれ」

龍之助は文を開いた。

――明日四ツ、甲州屋にて。至急話したき儀あり
なるほど〝明日四ツ〟とある。

「へへ。俺に告げたのは岩太の野郎だが、慥と加勢さまの伝言ですぜ」

左源太は念を押した。

「うーむ」

龍之助はその文面に唸った。

加勢のほうが火急に会いたがっている。しかも質したき儀ではなく、話したき儀
……である。

隠し子の件で、倉石からなにか具体的な報告があったのか。それとも、倉石の挙動がおかしいから……そのための相談か。いずれにしろ、

（おもてに出さず、処理を）

ということになる。

隠し子の件なら、それこそ火急に〝敵情〟を探り、防御策を講じねばならない。

ともかく龍之助にも早急に会い、確かめる必要ができた。

「行くぞ。七ツならまだ間がある。お甲のところで昼めしでも喰っていこう。さあ」

　龍之助がうながすと、

「ところが兄イ、あっしは兄イの返事を持って、すぐまた松平屋敷に行かにゃならねえ。これも加勢さまの伝言でさあ」

「そうか。じゃあここで腹のつなぎでも入れていけ。夕餉は甲州屋になるかもしれねえ。おめえ、松平屋敷からの帰りはここまで戻って来る必要はねえ。甲州屋へ先に行って待っていろ。七ツには俺も行くから」

　茶店の紅亭で腹の足しになるものといえば、煎餅か串団子しかない。単に煎餅といっても、醤油味でこんがりと焦げめの入ったものに生焼けのもの、塩味もある。龍之助は紅亭のこんがり焼けた醤油味が好物で、おやじも茶汲み女も心得ていて、龍之助が来ると注文がなくてもすぐ焼きはじめる。

「へへ。あっしは団子で」

　と、左源太は奥の部屋で夕餉までのつなぎを小腹に収めると、また駆け出して行った。

「うーむ」

　奥の部屋に一人となり、龍之助は加勢充次郎の筆跡を見ながら、また唸った。やは

りいずれか判断につきかねる。どちらにせよ大事だ。隠し子の件なら、

（定信と刺し違えてやろうかい）

覚悟はある。定信の政道を一日でも早く終わらせるのは、

（世のため）

と、確信している。

倉石の挙動不審を加勢が気づいてのことなら、内密に処理するだけではすまない。まかり間違えば、増上寺門前町で貸元同士の大喧嘩となり、大門の通りに血の雨が降ることになろうか。

部屋で一休みしてから、

「さあて、まだ早いが」

つぶやき、

「きょうは左源太さんも、忙しそうですねえ」

茶汲み女の声を背に、街道を宇田川町のほうへ向かった。

宇田川町は神明町の北隣で、松平屋敷がある幸橋御門へ行くには、宇田川町あたりから枝道へ入って愛宕山下の大名小路に出て、まっすぐ北へ進むのが一番の近道になる。行きも帰りも宇田川町を通ることになり、だから龍之助は左源太に甲州屋で待て

と言ったのだ。甲州屋は宇田川町にあり、献残屋らしく街道から外れて脇道の目立たない所に暖簾を出している。

（さあて、どっちか）

なおも判断のつかない疑問を念頭に、ゆっくりとした足は宇田川町に入り、街道から枝道に曲がった。もう一度角を曲がれば、甲州屋の暖簾が見える。看板は出していないから、前を通っただけでは何を扱っている商舗か分からない。だが商いは大きく、白河藩松平家御用達でもあるのだ。

六

「御免」

と、龍之助が甲州屋の暖簾をくぐったのは、約束の七ツにはまだ小半刻（およそ三十分）ほども早い時分だった。

だが、

「これは鬼頭さま。お早いというより、加勢さまもさっきお越しになり、もう奥の部屋に入っておいでてございます」

「へへ。兄イ、じゃねえ、旦那。岩太も来ていやすぜ」

番頭が待っていたように迎えると、左源太も奥から店場の板の間に出てきた。加勢充次郎が龍之助と会うとき、お供の中間は決まって岩太だ。そこにも加勢の気遣いが窺（うかが）われる。岩太がかつて悪党に利用されかかったとき、それを救ったのが龍之助であり、なによりも左源太と気が合う。

それにお供の中間は、夏でも冬でもあるじの用件がすむまで外で待たされるものだが、甲州屋ではお供の者にも一部屋を用意する。そればかりか座敷のあるじに出された茶菓子や食事とおなじものが、お供の者にも用意されるのだ。七ツ時分であれば、龍之助と加勢の鳩首が終わるのは、ちょうど夕の時分どきとなっていよう。岩太と膳をつつき合うのは、左源太にとって龍之助のお供で甲州屋へ出向いたときの楽しみとなっている。昼を茶店の紅亭でほんのつなぎの串団子だけですませたのは、これがあるからだった。

ただ楽しいだけではない。待っているあいだ岩太と話していると、龍之助と加勢の座では聞かれなかったような、松平屋敷のようすを聞くことができる。だから龍之助は加勢と会うために甲州屋へ行くときは、いつも左源太を伴うのだ。

すこし先に来た加勢充次郎も、甲州屋のあるじ右左次郎（うさじろう）に言っていた。

「すまんのう。奉行所の鬼頭どのと会うとき、いつも甲州屋の世話になって」

「なにをおっしゃいます。松平屋敷の加勢さまや奉行所の鬼頭さまに手前どもを重宝に思っていただけるのは、この上なくありがたいことでございます」

　右左次郎が返すのもまた、いつものことであった。

　実際、加勢にとって甲州屋の奥座敷はありがたいものだった。おもての料亭などで奉行所の役人と談合すれば、誰に見られどう曲解されるか知れたものではない。世間から隠れるように暖簾を出している献残商いの甲州屋の商舗は、この上なく重宝なものなのだ。

　いつもの中庭に面した奥座敷へ、番頭の案内で龍之助は向かった。

部屋では庭に面した廊下に足音が聞こえると、

「これは鬼頭さまもお早いようで」

　と、加勢の相手をしていたあるじの右左次郎は腰を上げ、

「さあ、ごゆるりとおくつろぎくださいまし」

　龍之助と入れ替わるように廊下へ出た。

　あとは右左次郎をはじめ、店の者は心得ている。呼ばれるまで、誰も部屋には近づかず、庭先にも出入りしない。水無月（六月）であれば、閉めきった部屋ではすぐに

蒸す、風通しをよくするため、明かり取りの障子は開け放し、廊下越しの庭の緑にも気分的に涼しさを感じる。

部屋にはお茶の盆をはさみ、龍之助と加勢は端座ではなく、胡坐を組んで向かい合った。これまで幾度も鳩首している二人の間で、時候の挨拶なども不要だ。とくにきょうは、双方とも火急に話したいことと訊きたいことがあって来ている。

「まずは承りましょうか。左源太がお屋敷に伺ったのは、岩太がちょうどそれがしの許へ出ようとしているときだったとか。それも、あしたをきょうに早められ」

「さよう。かかることは一日も早いほうがよいと思いましてな」

龍之助は無言でうなずき、隠し子の件か新たなご停止のことか、固唾を呑む思いで加勢を凝視した。加勢も龍之助を見つめ、

「かねて要請してあった例の件じゃが」

「ふむ」

「執拗と思われようが、田沼さまの隠し子の件、動きがありましてな。いや、待たれよ。これまでのように、高貴の種を名乗るまがい物などではござらぬ」

果たして隠し子の件だった。

（なにか手証をつかんだか）

龍之助は無言のまま加勢の表情を見つめつづけている。

「四十年ほど前、田沼さまがまだ高禄の旗本であったころじゃ」

加勢は話しはじめた。

まさしく龍之助は固唾を呑んだ。

「町場の商家より田沼屋敷へ女中奉公に上がった娘たちのなかで、眉目がよかったのかのう。意次さまの子を孕み、宿下がりをした者がいた。そこで男児をもうけた」

「男児？」

自分のことである。

「実家に帰ってですか」

「さよう、男児でござった。宿下がりをした先は、実家しか考えられまい」

「実家とはいずれに」

重大問題である。

「判らぬ。ただ、高禄の旗本屋敷へ上がるには、相応の商家でなければならぬ」

「いかにも」

龍之助は得心のうなずきを入れた。浜野屋だ。

「相応の商家と一口にいっても江戸は広く、数も多い。そこでまず日本橋界隈を倉石にあたらせた。南は京橋あたりまで、北は室町を越え須田町(すだちょう)から筋違(すじかい)御門のほうまでじゃ」

「で？」

龍之助は胡坐居(あぐらい)のまま、一膝前にすり出た。

「出てこなんだ。四十年前のこととはいえ、宿下がりをして子をもうけたとあれば、多少の噂は残っていようはずじゃ。それで倉石配下の足軽をさらに増やし、探索の範囲を広げさせようとしたところへ、ほれ、貴殿ら町方の手をさらに煩(わずら)わせることになった絵草子や錦絵のご停止の件だ。賭博と隠売女に絵草子や錦絵まで加わったのじゃ、もう手が足りぬ。かというて、隠し子の一件、手を抜くこともできぬ。殿はなおも催促しておいでのう」

従弟の浜野屋与兵衛の話したことと一致している。

「ふむ。それで倉石どのは、いまいずれの役務でどの方面に奔走しておいでででござろうか」

最も知りたいところである。

「配下の数を倍にしてやってのう。これまでのご法度の探索と隠し子の探索を兼ねさせ、日本橋の向こうの神田と両国の方面をあたらせ、すでに一月(ひとつき)……」

「成果は？」

「ご法度のほうでは相応の成果を上げるも、隠し子の件はのう」

「まだ噂は拾えませぬか」

「恥ずかしながら……。それでじゃ、倉石にはさらに範囲を広げさせ、これまで浚ったところをさらに浚わせ、日本橋から南の方面、すなわちこの近辺の芝の界隈も担当させ、街道筋を高輪のほうまで範囲を広げよと言っておいたのじゃ。十日ほど前でござった」

「芝での成果は？」

龍之助は問いを入れ、心ノ臓を高鳴らせた。

「こちらを倉石の範囲に組み込んでから、まだ日が浅うござるゆえ……」

「なにも得ておらぬ、と……？」

「さよう。そこでじゃ、鬼頭どのに倉石を助けていただきたい。町場の探索は、当藩の足軽どもは慣れたとはいえ、町方には及ばぬ」

「それがしに倉石どのへ合力せよと……？」

「直截にではござらぬ。当藩の足軽組頭と町方の同心が共同したのでは、かえって不都合が生じよう」

「いかにも」

「そこでじゃ。新たに倉石の探索範囲とした東海道筋のこの一帯は、貴殿の町方としての縄張でござろう」

「一応は」

「そこでじゃ、ご貴殿はご貴殿の目で、找してもらいたいのじゃ。つまり、裏で倉石を支えてもらえれば……と、思いましてのう」

「倉石どのはご承知か」

「いや。言わずとも倉石は、この一帯が貴殿の縄張であることは心得ておる。貴殿を頼りにもしておろう」

曖昧な構造になるが、相手方のようすを知るにはちょうどいい。

「いいでしょう。これまでもそうでござった。お互い、調べたようすは知らせ合い、効率よく仕事を進めましょうぞ」

「ふむ、ありがたい。なにやら近いうちに、殿にはいい報告ができるような気がしてきましたぞ」

加勢は満足そうな表情になった。

廊下に足音が聞え、部屋の近くで咳払いをし、

「夕餉の膳はいかがいたしましょう」

あるじの右左次郎だった。最初のお茶を運ぶ以外、鳩首している部屋へのつなぎはあるじの右左次郎が直接顔を出す。この二人の談合は、外に洩れてはならないことを右左次郎は心得ているのだ。

庭に目をやると、植込みの影がかなり長くなり、陽が西の空に大きくかたむいているのが分かる。

すでに用意されていたか、待つほどのこともなかった。近くの料理屋から取り寄せた膳だ。おなじ膳が左源太と岩太が待つ部屋にも用意されているはずである。

箸を動かしながら、
生まれたのが男児であることを踏まえ、

「浪人か無頼の拗ね者……」

と、みずからの推測を加勢は話した。

当たっている。加勢はそれを龍之助に伝えたかったようだ。

「もちろん、それに該当しそうな輩を、この近辺だけでなく、奉行所のご同輩のお方らにも訊き、探索の網は江戸市中全域に広げていただきたいのじゃ。むろん、いたという噂だけでよい。それがあれば、あとはわしが倉石を使嗾しようゆえ」

「そこまで具体的な像が分かれば、噂は拾いやすくなりましょう。もちろん、同輩にも訊きますが、倉石どのには相当な激務でございましょうなあ」

「さよう。あの者には組頭のなかでも数人分もの働きで、相すまぬと思うておりましてのう」

実際そう思っているようだ。加勢の表情は真剣だった。


帰りは加勢とお供の岩太が先に甲州屋を出て、いくらか間をおいて龍之助と左源太が出た。これも龍之助と加勢が甲州屋で談合したときの、いつもの作法である。

さらにまた、帰りしなに右左次郎が廊下で龍之助にそっとささやいた。

「また、加勢さまから献残物を預かっております。菓子折りですが、きょう中に番頭か手代に組屋敷のほうへ届けておきます」

「うむ」

龍之助はうなずきを返した。箱の底には小判が十枚ほど敷き詰められていようか。役中頼み（やくちゅうだのみ）だ。どこの大名家でも、江戸勤番（きんばん）の家臣が市中で不始末を働いたときの用意のため、江戸町奉行所の与力や同心たちに日ごろからつけ届けをしている。それらの受け渡しも、献残屋の大事な業務の一環なのだ。

もちろん奢侈を禁じた定信の改革により、まっさきにそれらは禁じられた。だからこそ、献残屋の仕事はますます大事となってくるのだ。現に甲州屋も、禁じたご本家の松平屋敷から、定期的に北町奉行所同心への役中頼みを委託されている。それも龍之助には一度に十両と、相場の数倍の金子である。

「へへ、兄イ。またおこぼれに与かりやすぜ。松平屋敷から出ているなんざ、いい気分ですぜ」

外に出てから左源太は言っていた。その金子は毎回、お甲にも大松一家にも龍之助は配分している。

「それよりもだ、左源太」

「へえ」

街道へ向かい、二人は肩をならべゆっくりと歩を取りながら話している。

「松平の屋敷だ。岩太の話はどうだった」

「へへ、それでござんすよ」

左源太はおどけた口調で言った。歩きながら話しておれば、立ち聞きする者などいない。それでもやはり、二人は低声になっている。

「なんでも新たなご停止のお触れが出て以来、というよりも松平屋敷じゃ、出して以来ってことになりやしょうかねえ。一段とぴりぴりしてきたそうで。足軽衆がちゃんと町場で同心の旦那方を見張っているか、それをまた横目付のお人らが監視するようになったそうで」

「ふふふ。加勢どのも倉石たちも、おなじ屋敷の家臣に見張られているってことか」

「そのようで。だから屋敷内でも、こんなご政道、いつまでつづくのかって、足軽衆に限らず、お女中衆や侍衆のあいだでもささやかれているそうでやすよ」

「ほう。そうした不満を知らぬは、定信公お一人ということか」

「で、やしょうねえ。それで兄イ、加勢さまの話はいってえなんだったので？」

「それよ。実はなあ……」

龍之助は加勢の話を、とくに〝浪人か無頼の拗ね者〟と加勢が見通しを立てていることを詳しく聞かせた。

「げえっ。すりゃあ、兄イのことですぜ。あのときは、あっしも一緒でやしたが」

足が街道に出たところで、思わず左源太は立ちどまった。

「そういうことだ。放っておいたら、早晩、そのような者がいたって、中門前の次郎左の口から倉石の耳へ入ることになろうよ」

「ど、どうしやす」

二人は街道の脇で立ち話のかたちになった。

陽が沈んだところだった。暗くならぬうちにと、往来人も荷馬も大八車も動きが慌ただしくなっている。

「ご苦労さんでございます」

町内の者だろう。同心姿に軽く辞儀をし、避けるように通り過ぎて行った。

「どうするったって、こっちから手を打たねばならねえ。あした午前、大松の弥五郎と一ノ矢に、石段下の紅亭に集まるように言っておけ。お甲の部屋だ。一光堂と次郎左どもの始末について話し合う。世の拗ね者の件は話すな。俺とおめえとお甲でかたをつける。といってもこの問題、別々にはできねえかもしれんがなあ」

「へえ」

「骨が折れるぞ」

「そのようで」

左源太は一瞬、増上寺門前町での貸元同士のぶつかり合い、さらにそこへ龍之助の名を割り出そうとしている倉石俊造の姿を想像した。

「ともかくやらねば」

「へい」

立ち話をしていた職人姿と着ながし御免の同心姿がうなずきを交わし合い、それぞれ神明町と八丁堀のある南と北に別れた。

帰りを急ぐ大八車が勢いよく追い越し、土ぼこりが舞い上がった。

「おぉう」

龍之助は手で払い、夕刻の新橋に歩を踏んだ。橋板に下駄や大八車の音がけたたましく響く。

「とうとう迫って来やがったかい。その前に、叩き潰してやるぜ」

龍之助はつぶやいた。

二　許せぬ所業

一

「もうそろそろ、また集まっていただかねばと思っていたところでございます」

この日の顔ぶれがそろったところで、最初に口火を切ったのは本門前一丁目の矢八郎こと一ノ矢だった。

きのう夕暮れ近くに龍之助と宇田川町の甲州屋を出てから、左源太は大松の弥五郎と増上寺門前の一ノ矢にきょうの談合を告げに走ったとき、二人ともその後の経緯が気になっていたのか二つ返事だった。

とくに一ノ矢などは、

「――ほっ、そうかい。よく知らせてくれなすった」

と、左源太に安堵の表情を見せたものだった。

前に一ノ矢の要請で神明宮の石段下の紅亭に談合したのは、皐月（五月）の末ごろだったから、ちょうど一月を経たことになる。いまは水無月（六月）の末である。

おなじ顔ぶれが、お甲の部屋に膝をそろえている。龍之助の両脇には左源太とお甲が陣取り、大松の弥五郎の横には伊三次が、一ノ矢のかたわらには代貸の又左が座を占め、それら七人が前回とおなじようにほぼ円陣を組んでいる。

「まあ、堅苦しい挨拶は抜きにして、あれから一月だなあ」

龍之助が一同を見まわし、

「いろいろ進展があったと思うが、とくに一ノ矢、中門前一丁目のようすを詳しく聞きてえ。俺も松平屋敷にある程度の探りは入れた。それはあとで話すとして、さあ、どうだい。一光堂は繁盛しているのじゃねえのかい」

「そのとおりでさあ。又左、その後のようすを皆さんにお聞かせしろ」

「へいっ」

また前回とおなじように一ノ矢が言ったのへ、又左は威儀を正し、

「鬼頭の旦那がおっしゃるとおり、うちの縄張内にある柳堂は在庫がねえもんで、その方面のお客はみんな中門前の一光堂にながれていやして……」

話しはじめた。

「──おう、おやじ。ご政道がなんだってんでえ。いい枕絵、売っているところを知らねえかい」

お触れが出て以来、どこの飲み屋や女郎屋でも、酔いに任せて息巻く客がかえって増えていた。

それを又左が話したとき、神明町の伊三次もうなずきを見せた。

増上寺門前では大振りの柳堂にはすでに品のなくなっていることが知れわたり、そのたびに飲み屋のおやじは店の者をそっと中門前一丁目の一光堂に走らせ、橋次(きょうじ)を呼んで来るのである。

橋次はそのたびに大きな風呂敷包みを抱えて飲み屋の暖簾をくぐる。そこで店開きをするのだ。他の客まで群がり、ともかく売れる。

「それもなんと、値段はお触れの出る前の三倍、四倍でさあ。物によっては橋次の野郎、十倍くらいもふっかけておりやす」

「まあ。それでも買う人、いるんですか」

「いまさあね。あの野郎、最近では神明町(こっち)にまで出張ってきて店開きしてやがる」

お甲があきれ顔で言ったのへ、伊三次が応えた。

「まったく、好きな人たちですねえ。いやらしい」

「いや、お甲。好きなだけじゃねえぜ」

「えっ。ほかに買う理由などあるんですかい」

左源太も口を入れた。

「ある」

龍之助は言った。

「あっ、分かった。いま三倍、四倍で買っても、あとでもっと高く売れると思ってやがるんだ」

「ははは。素人が一枚や二枚買っても、大した儲けにもなるめえ。だがよ、俺が酔客なら酔いの勢いに任せ、高くても一、二枚は買うぜ」

「えぇえ！」

左源太がいったのへ龍之助は応え、お甲が驚いたような声を上げたのへさらにつづけた。

「つまり、ご政道への抗い(あらが)さ。町場の人間にゃあ、むろん武家地の連中もそうだが、それくれえしかお上に逆らえねえってことさ。ところで弥五郎さんに一ノ矢さんよ。目障りだろうが、まだ橋次に手を出しちゃいねえだろうな」

「そりゃあ」

「まあ」

弥五郎と一ノ矢は応えたものの、口調は不満そうだった。二人とも、龍之助から自前の処理を禁じられているわけではない。ただ、目障りだからと自分たちで処理すれば、貸元同士の争いになり、しかもご禁制の品が原因とあっては、どのような展開になるか計り知れないことを心得ているのだ。とくに一ノ矢は、

(鬼頭の旦那に、なにやら策がありそうな)

と、次郎左と一光堂を自前で叩き潰したいのを堪(こら)えている。

龍之助はつづけた。

「それにおめえらの縄張内に、絵描きや版木の彫師や摺師(すりし)はいるかい。いても当分のあいだ、ご停止(ちょうじ)に関わる仕事はさせるんじゃねえぞ。そうでねえと、俺が松平の密偵に密告(さ)されることになるからなあ」

「分かってまさあ。伊三次、抜かりはねえだろうなあ」

「ございやせん。絵描きはいやせんが、彫師と摺師ならいやす。おもて向きは神明さんのお札を彫ったり摺ったりですが、暇なときにちょいと……」

「あっ。あいつらかい」

弥五郎に訊かれて伊三次が応え、左源太がうなずいた。

「そう、あいつらさ」

伊三次が応えた。

左源太もおもて向きは薄板削りの職人だから、面識はある。だが、挙げるような野暮なことはしない。逆に、

「――松平の密偵には気をつけねえ」

と、職人仲間の意識で話したことはある。つい最近のことだ。

伊三次はつづけた。

「そいつらが言うには、まさかこのままいつまでもご禁制ってことはないでしょうねえ、と。それで、いつごろまで頭を引っ込めておけばいいんだい……と、訊かれておりやす」

「そうそう、それは増上寺もで。増上寺門前には絵描きもおりやす。危ないのは描かねえように頼んでおりやすが、お客の似顔絵ばかりじゃ大した金にはならねえようでして。それで、いつまで自粛すればよろしいので、と」

又左もつづけておなじことを言った。

一同の目は龍之助に注がれた。

「俺に訊くのかい」

　龍之助は返し、

「分からねえ。だが、そう長くねえことだけは確かだ」

『長くねえって、どのくらい……』

　いずれの視線も期待を乗せていたが、役人である龍之助に遠慮があるのか、それを舌頭（ぜっとう）に乗せる者はいなかった。

　龍之助はつづけた。

「それよりも、中門前の次郎左と一光堂の橋次だ。こいつらが松平の侍とつながっている手証（てしょう）はつかめたかい」

「それについてはあっしから」

　代貸の又左が一膝前にすり出る仕草を示し、一ノ矢もうなずきを入れた。

　又左によれば、その後二度ほど町人姿の倉石俊造が来たという。一度は暖簾を降ろしている一光堂に行き、一度は次郎左の住処（すみか）に行ったらしい。

「いずれも、一人でやした」

「ふむ。一人でなあ」

　龍之助は得心したように返し、

「なるほど、連累（つる）んでいるのは間違いない」

確信的な口調になった。

「で、鬼頭の旦那。どうされやす。旦那が正面から捕方を連れて踏み込むのは困りやすぜ。やるなら俺たちがまずやつらを所払いにしまさあ。むろん、旦那と示し合わせてでやすが、それを外で引っ括（くく）ってくだせえ」

増上寺門前の筆頭貸元として、役人が門前町に踏み込むのを指をくわえて見ているわけにはいかないのだ。

「分かるぜ、一ノ矢の」

大松の弥五郎も同調し、伊三次も又左もうなずいた。

もとより龍之助は、寺社の門前町という特殊な土地の仕組は心得ている。だから、いまも弥五郎と一ノ矢をまじえて談合しているのだ。

「やるときはなあ、派手に捕方は入れねえ。俺と左源太とお甲の三人だけで、なんらかのかたちを考えようじゃねえか。おめえらの顔はつぶさねえ」

「おぉう、この前もそうでやした。あれも松平さまの侍（さむれえ）だった」

一ノ矢が頼もしそうに返した。前に松平家の横目付・武藤三九郎（むとうさんくろう）を葬ったとき、場所は本門前二丁目で一ノ矢が合力したのだった。そのとき、松平屋敷は何事もなかったように武藤の死体を引き取り、外で藩士が殺されても、家名のため不都合な事件は隠蔽してしまったのだ。

「こんどもよう、松平にぐうの音も出ない状態をつくっておかねばならねえ」

「だから、どのように」

龍之助が言ったのへ、弥五郎が問いを入れた。

「飲み屋や女郎屋の酔っ払い客相手に枕絵を売っているだけじゃ、なんの手証にもならねえ。一光堂が大名家相手に商いはじめたら、というよりももうやっているかもしれねえが、それをつかんだなら一光堂を締め上げ、武家屋敷への橋渡しをしている野郎の名を吐かせる。きっと倉石俊造の名が出るはずだ。おっと、こいつはおめえらがやっちゃだめだぜ。これは俺が十手を出し、手順を踏んで吐かせる。もちろんまっ昼間から俺が一光堂に踏み込むような無粋なことはしねえ」

「手順どおりにけりをつけるってえ感じですが、一光堂がお大名家相手に商ってるってえ手証は、どうやってつかみなさるので」

一ノ矢も問いを入れた。

「ははは、つかみなさるんじゃねえ。おめえらの手を借りてえ」

「えっ」

「つまりだ、俺がちょいと橋次を脅して、増上寺門前やこの神明町での吝な商いはやめさせる。その上で、なおも一光堂に来る野郎や、橋次が出かけるときなど、あとを尾けてもらいてえ。来た野郎は大名屋敷へ帰り、橋次が行くのも大名家か旗本屋敷のはずだ。それを突きとめてもらいてえ。あはは、いちいち近所の飲み屋や女郎屋へ行くのまで尾けていたんじゃ、相手に気づかれやすくもなろうからなあ」

龍之助の言葉はなおもつづいた。

「もし一ノ矢の若い衆が尾けていて橋次に気づかれ、喧嘩になりそうになったなら左源太、おめえが割って入って引き分けろ。そのためにこの件がかたづくまで、おめえに十手を預けておく。きょうこのあと、俺と一緒に奉行所まで取りに来い」

「へえ」

「策は分かりやした。そのあとはどう始末をつけなさるので？」

「ふふふ、一ノ矢の。いい質問だぜ」

龍之助は不敵な口調で返し、

「次郎左や橋次をひねりつぶすのはわけねえ。一光堂の商舗の中をちょいと覗けば、二人とも遠島か江戸所払いくらいにはできらあ。しかし、倉石俊造はいまをときめく老中さまの家臣だ。手証を挙げても奉行所じゃ手も足も出ねえ」

「やはり、また秘かにお殺りなさるか」

「おっと、それを俺に言わせるねえ。そのときその場の成り行きで、どうなるか分からねえ」

「次郎左も橋次も、わしらとおなじ町人だ。そいつらだけ臭い飯で、倉石たらぬかすお侍だけお構いなしじゃ、わしら我慢なりやせんぜ」

　大松の弥五郎がつぶやくように言ったのへ、

「俺だっておんなじだぜ。ましてそれが松平の家臣じゃなあ」

　龍之助は真剣な表情で応じた。一ノ矢も又左も、さらに伊三次も頼もしそうにうなずいたが、左源太とお甲は一瞬ハッとした。二人には、そこに龍之助の本音が見えたのだ。

二

　まだ午前だ。

　紅亭での談合がお開きになり、一ノ矢と又左が大門の前まで帰ったときだった。

「親分！　代貸の兄ィっ」

本門前一丁目の町並みから一ノ矢の若い衆が一人飛び出てきた。

「よかったーっ。いまから神明町まで走るところでやした」

貸元と代貸の前でたたらを踏んだ若い衆に又左が、

「どうしたっ」

「柳堂の宋兵衛旦那がっ」

「えっ、宋兵衛さんが？」

広場の往来人や大道芸人らが動きをとめ、三人を見つめる。

「そこの道へ入れ」

一ノ矢が言ったのへ、又左が若い衆の肩を枝道のほうへ押した。

枝道に入るなり若い衆は声を低め、

「宋兵衛旦那が一光堂へ掛け合いに行くなどと。いま、店の人やわしらが押しとどめていますっ」

「なに。おい、又左」

「へいっ」

二人は慌てた。

（まずいっ）

又左が再度若い衆の背を押し、柳堂のある枝道に走った。

宋兵衛の隠忍（いんにん）が限界に達したのも無理はない。柳堂の売れ筋の一枚絵や絵草子を総ざらえし、お触れで新たな仕入れも困難となったなか、一光堂だけが注文を受け、増上寺門前町全域と神明町にまで出商い（であきない）を始めたのだ。

一ノ矢と又左が駆けつけたとき、若い衆数人でようやくあるじの宋兵衛を暖簾の中に押し戻したところだった。

「――柳堂の堪忍袋の緒が切れぬよう、見張っておけ」

一ノ矢の若い衆たちは言われていたのだ。宋兵衛が一光堂にねじ込み、次郎左一家の若い衆に力づくで追い返されでもすれば、一ノ矢も若い衆を出さねばならなくなり、事態がどう展開するか予測がつかなくなる。

「あぁっ、親分さん！　もう我慢できませんよ。きょうもまだ午前（ひるまえ）というのに、一光堂がこっちまで出張って来て一枚絵を法外な値でっ」

おもてでは、

「さあさあ皆さん、なんでもござんせん。散ってくだせえ」

又左が集まった野次馬たちを散らしていた。

「まあまあ宋兵衛さん。落ち着いて」

一ノ矢はようやく宋兵衛を店場の板敷きに座らせ、又左もおもてから戻ってきた。

「親分さん！　それに貸元さん！　あんたがたも、これでいいのですかっ。一光堂は向こうの次郎左親分とつるんでわたしを騙し、商いの場を奪っているのですよ！」

「まあ、宋兵衛さん。これにはご法度がからんでおりやす。ここで騒いだら、こっちも向こうも一蓮托生です。手は打っておりやす」

「どんな手を！」

柳堂宋兵衛と一ノ矢のあいだで、もう幾度交わされたことであろうか。そのたびに宋兵衛は隠忍自重を強いられてきたのだ。

だがきょうの一ノ矢と又左は、龍之助の秘かな覚悟を感じ取ったばかりだ。しかしそれがいつか、明瞭ではない。一ノ矢は言った。

「仕入れさえできれば、少々割高になっても一光堂にすんなり消えてもらうまでのつなぎにはなりやしょう」

「ありますのか、そんなところが」

最初の段階で、版元はいずれも版木まで没収され、新たに彫ろうにも手鎖(てぐさり)をかけられた絵師もおれば、彫師にも摺師にも監視の目がつき、身動きのとれない状況になっているのだ。宋兵衛が思わず問い返したのへ、

「大きな声じゃ言えやせんが、秘かに動いている一群があると思いなせえ。そのうちそこへつなぎを取り……」

「やはり！」

宋兵衛は得心したように返し、

「お願いしますじゃ。高値でも一時のつなぎでもかまいません。一光堂に騙されたまま、客まで持って行かれたのでは、もう泣くに泣けませぬ」

「宋兵衛さん、もうしばらく辛抱してくだせえ。あっしも一ノ矢だ。ご政道だからといって、縄張内のお人に泣きを見させるようなことはしやせん」

「親分さん」

柳堂宋兵衛に袖を取られた一ノ矢は、慥(しか)とうなずきを返した。

神明町の紅亭で、一ノ矢も又左も〝秘かに動いている一群〟の話はおくびにも出さなかった。

「――話せばかえって、旦那が困りなさろう」

紅亭に出かける前、一ノ矢は又左に言っていたのだ。

本門前の柳堂でこうした騒ぎが起こっていたころ、神明町では弥五郎や一ノ矢たちと一緒に紅亭を出た龍之助は、左源太をともない街道の茶店の紅亭に寄っていた。奉行所まで左源太を連れて行き、房なしの十手を渡すつもりだったのだが、割烹・紅亭の玄関を出しな、

「――兄さん、あと茶店で」

お甲が左源太にささやいたのだ。左源太はその意を覚り、

「――へへ、兄イ。ちょいと寄って行きやせんかい。お甲もすぐに来まさあ」

神明町の通りから街道に出るとき、龍之助の袖を引いた。

龍之助も、左源太とお甲がなにやら話したがっているのに気づいていた。その〝なにやら〟も、龍之助には分かっている。

茶店の紅亭ではすぐに奥の部屋が用意された。

龍之助と左源太が座に着いてすぐだった。土間つづきの廊下に急いでいる下駄の音が立ち、

「あらら、お甲姐さんも」

「そうなの。お茶、三人分お願いね」

茶汲み女にお甲の声がつづいた。

閉めたばかりの板戸がまた開き、

「早かったな」

と、龍之助と左源太は腰を動かし、お甲をまじえ三つ鼎(みつがなえ)に座りなおした。

「龍之助さまア」

さっそくお甲の声から始まった。

「なぜなんです。堅物の倉石さまが……」

「そう、それでさあ。まずはそこから聞きてえ」

左源太がつないだ。二人とも、あの倉石俊造が……まだ信じられない表情だ。さきほどの座で訊きたかったが、弥五郎や一ノ矢がいたのでは切り出せなかった。

「そりゃあ俺だって最初は信じられなかったさ。だがな、松平屋敷のようすから、得心できるものがあるのだ。堅物ほど、ふとしたきっかけで狂いやすいものだ」

「どういうことですかい」

「過酷……それが原因さ」

「……過酷？」

二人とも首をかしげた。

「つまりだ、加勢どのは倉石どのに期待をかけ過ぎた。多くの役務を負わせ、倉石は責任の範囲が広がるばかりとなった。限界を超え、役務と責任に東奔西走する日が幾日幾月とつづくなか、役務への反発を覚えるときもあったろう。そのようなとき、おいしい餌が目の前にころがっていた」

「一光堂か次郎左に、儲け話を持ちかけられたのですね」

「なるほど、そこで儲けの前提条件となる、新たなご停止の内容を洩らした……と」

「どういうきっかけで、どういうやりとりがあってそうなったかは知らんが、結句は倉石もご政道を逆手に取るかたちになった」

「そういうのが、松平屋敷からはよく出ますねえ」

「加勢どのもそれを言うておった。ご政道ゆえに……と。よう見えている御仁なのだが、自身の足許には疎いようだ。だがな、あの二人はともに仕事熱心のお人らだ。主命をおろそかにはしねえ」

「隠し子の探索のことですかい」

「そう、それなのよ。枕絵なんかどうでもいい。あたしが心配なのはそれ」

左源太が言ったのへお甲がつなぎ、足を崩したまま一膝前にすり出た。

龍之助の表情がにわかに険しくなった。

たとえ倉石俊造がご政道を逆手に取る道に踏み込んだとはいえ、〝田沼意次の隠し子〟の探索は、ご政道とはまた別物である。

加勢充次郎が言う〝世の拗ね者〟を、倉石がどこまでつかんだか、あるいはつかもうとしているか不明であり、不気味である。

そこに出たのが、倉石のご政道を逆手に取る挙である。

「倉石を殺る理由が、できやしたね」

「兄さん！　そんな」

左源太の口からふっと出たのを、お甲は思わず咎めた。

だが、龍之助は言った。

「いいや、お甲。さっき弥五郎たちの前でも言ったろう。俺に言わせるねえ……と」

しばし、板戸に囲まれた部屋の中に、沈黙がながれた。

三

翌日、午前だった。

茶店・紅亭の奥の部屋に、ふたたび鬼頭龍之助の姿があった。着ながし御免に黒羽織の同心姿だ。

向かい合って端座しているのは、一光堂の橋次である。

「隣は空き部屋になっておる。他人(ひと)に聞かれる心配はねえから安心しろ」

「さようですかい」

胡坐(あぐら)を組み、朱房の十手で手の平を打ちながら迎えた龍之助に、ふてくされるように橋次は返した。その態度の不遜(ふそん)さは、端座に腰を下ろしたから許せるようなものであった。三十がらみか色白で目の細い、つかみどころのない面(つら)だ。ふてくされていても、やはり緊張はしているようだ。

（なるほど、好きにはなれねえ面(つら)だぜ）

龍之助は感じた。

きのう北町奉行所で房なし十手を預かった左源太が、神明町に戻った足をそのまま中門前一丁目に運び、暖簾のない一光堂の玄関の戸を叩いたのだ。

ちょうど橋次は店にいて、棚をなにやらいじくっていた。ふり返り、初めての客なのでいくらか慌てたような仕草を見せた。さらに左源太が、

「——ちょいと御用の筋で寄らせてもらったぜ」

と、ふところから十手を取り出したのには、ハッとした表情になったがすぐに開き直り、

「——なんでございましょう。十手持ちのお人に踏み込まれるようなことはしており

ませんが」

落ち着いた口調で言った。

「――ま、それはこれから調べることだ。その前に、同心の旦那が話をしたいというのでなあ」

と、左源太はあしたの時間と場所を告げ、

「――来なけりゃ踏み込むこともあると思え」

捨てぜりふを残して外に出た。

その背に橋次は言った。

「――おや。脅しでございますか」

ふてぶてしい口調だった。

左源太は腹の立つのを抑え、一光堂の前を離れた。商舗は橋次しかおらず、奉公人は置かず一人暮らしのようだ。掃除や簡単な賄いに通いの婆さんが一人来ていると聞いたが、そのときはいなかったようだ。

「まったく喰えねえやつですぜ」

さっき左源太は龍之助に、さも厭そうに言った。

その左源太はいま、街道に出ている縁台に腰を据え、お茶を飲んでいる。

当然、橋次はすぐさま次郎左に伝えただろう。次郎左みずからか、それとも若い衆を物見に寄こすだろう。それを縁台から堂々と見極めるためだ。もちろんきょうのことは、左源太から大松の弥五郎と一ノ矢にも話が行っている。伊三次も近くでようすを見守っているはずだ。

部屋の中は、ふてぶてしい橋次の態度から、ぎこちない雰囲気になっていた。

龍之助は言った。

「おめえとはきょうが初めてだが、名は以前から聞いていたぜ。一人で商って、範囲もずいぶん広げ、お客にけっこう喜ばれているそうじゃねえか」

「はあ、なんのことやら」

「ははは。とぼけなくってもいいぜ。ここでおめえを引っ括るような野暮なことはしねえ。だがなあ、領分はわきまえろ」

「どういうことでしょうか」

初めて橋次は龍之助の顔をまともに見た。さきほどの緊張の色は薄らいでいた。

(この同心も、たらし込めるかもしれない)

値踏みしたようだ。

龍之助はつづけた。

「おめえ、危ねえ物を抱えて増上寺の中門前だけじゃなく、本門前からさらにこっちの神明町のほうにまで出張っているそうじゃねえか」

「そりゃあ、足があればどこだって歩きますよ」

「もちろん、どこを歩こうがおめえの勝手だ。だがな、小脇に抱えているものが問題だ。お上の手先で市中見まわりをしているのは、俺たち奉行所の者だけじゃねえぜ。そこをわきまえろ」

「さようでござりまするか」

龍之助を見つめる細い目が、皮肉を浮かべかすかに嗤った。

(野郎、やはり倉石とつるんでやがるな)

龍之助は確信を持ち、さらに言った。

「その方面もさりながら、暖簾を下げたはいいが、代わりに風呂敷包みを小脇に町なかをちょろちょろされたんじゃ困るぜ。俺だって定町廻りだ。こっちの立場も考えてもらわにゃ、これにものを言わせなきゃならなくならあ。どうでえ、そこんとこ料簡してくれねえかい」

「と、申されますと？」

橋次は目だけではなく、薄い口元にも嗤いを浮かべ、龍之助を見つめた。

その表情から、
（ふむ。俺を自身番ではなく、こんな私的なところに呼んだのはそういうことかい）
橋次の考えついたことがありありと看（み）て取れた。
案の定、その薄い唇が動いた。
「で、いかようにすれば……」
つぎの瞬間だった。
――バシッ
というよりも、ゴツンといったほうが当たっていようか。
「うっ」
強い衝撃に橋次はしばし声が出なかった。龍之助の十手が橋次の額を打ったのだ。
橋次はのけぞり、手で額を押さえた。血が出ているのを感じる。
ようやく声が出た。
「な、なにをなさいますか。いきなり、同心の旦那とはいえ、い、いいんですかい。
こんなことを！」
「うるせえっ」
ふたたび、

――ガツン

こんどは頬骨だった。

「うぐっ」

橋次は仰向けに倒れそうになり、かろうじて肘を畳につけ、身を支えた。

「おう、橋次。勘違いするんじゃねえぜ」

「な、なんでございますか！」

橋次は肘を畳についたまま後ずさった。

龍之助は身を乗り出し、十手の先を橋次の顔面に突きつけ、

「橋次！」

「う、ううっ」

「いかようにすればじゃねえぜ。向後、小汚え風呂敷を抱えて増上寺と神明宮の門前をちょろちょろするな」

「うううっ」

突然の状況の変化に、橋次の思考はついて行けなかった。

「きょうは茶店だが、このあと町場でおめえのしょぼくれた面を見るとその場で引っ括り、即、番屋行きと思え」

「うわっ」

　橋次の身が浮き、

　――ガシャン
　廊下側の板戸にけたたましい音を立てた。

　茶店の老爺が驚き、

「鬼頭さま、なにか」

「おう、客人のお帰りだ。戸を開けてやれ」

「へ、へい」

　老爺が廊下から板戸を開けるなり橋次は転がり落ち、

「こ、後悔なさいますよっ、こんなことをなさって！」

　捨てぜりふを吐きながら外へ走った。

　縁台のところで、

「よう枕絵屋、どうしたい。顔が腫れてるぜ」

「ううううっ」

　左源太がからかうように言ったのへ、見向きもせず街道へ飛び出した。

「おっとうっ」

「うえぇぇ」

往来人にぶつかりそうになって突き飛ばされ、足をもつれさせた。すぐさま街道にたむろしていた若い衆が駈け寄り、

「橋次さん、どうしやした」

両脇から支えた。物見に来ていた次郎左の手の者だろう。


茶店の奥の部屋に左源太と伊三次の顔がそろったのは、このあとすぐだった。三つ鼎に胡坐を組んでいる。

「へへ、兄イ。やっぱり来てやしたぜ。橋次の野郎がここへ入るとすぐ、あっしが座っている縁台の前を、面を知らねえ若い衆が二、三人、行ったり来たり。ときには近づいてきて中をのぞき込んだりもしていやした」

「間違えなくあいつら、次郎左の手の者でさあ」

左源太がいったのへ、伊三次がつなぎ、

「それにしても野郎との談合、早う終わりやしたねえ」

「そりゃまあ、こたびの目的は二、三発張り倒して町場への出商いをやめさせ、武家屋敷に専念させて松平の者が関わっている手証を得やすくするためだけだからなあ」

「あとはお任せくだせえ。なあ、左源太どん」

「おう。伊三の兄イ」

一光堂への見張りである。

「うふふふ、橋次め。腹立ちまぎれに、町場での出商いをつづけるほど馬鹿ではあるまい。第一、次郎左が警戒して、それはやらせないだろう。その分、俺を見返してやろうと武家屋敷のほうへの動きが派手になるはずだ」

「おそらく。おかげで探りも入れやすくなりまさあ。さっそくきょうのようすを、一ノ矢の親分にも知らせておきまさあ」

伊三次は座を立った。まず親分の弥五郎に知らせ、その足で本門前一丁目に行くことになろうか。

部屋には龍之助と左源太の二人となった。

「ま、お甲を呼ぶまではないか。きょうあすに事態が動くわけではないからなあ」

「へへ。隠し子の件でやすね」

「そうさ。橋次め、俺に後悔するなどと捨てぜりふを吐きおった。倉石俊造に、俺やおめえのことをなんとか始末できぬかと泣きつくはずだ」

「おもしれえ」

「そう、おもしれえ。倉石の目には、俺が邪魔なやつと映るはずだ。そこにどんな手を打ってくるか見物だ。すくなくとも〝世の拗ね者〟の対象からは遠ざかろう」

「いや、兄イ。逆の場合もあり得ますぜ」

「逆？」

「へえ。つまり、倉石さんは兄イを松平家の力で排除しようとして、無理やり〝世の拗ね者〟にこじつけ、加勢さんにそう報告するとか」

「あはは。そうなりゃあ加勢どのがどう出るか。うーむ、これは笑いごとじゃ済まされんなあ」

おどけた口調だったが、目は笑っていなかった。龍之助も、

（あり得る）

予測したのだ。

四

数日が過ぎ、月は文月（七月）となり、昼間はまだ暑さを感じるが、朝夕には秋を感じる日もあった。

龍之助の予測どおり、

「橋次の野郎、町場への出商いはすっかり鳴りを潜めやしたぜ。もちろん神明町にも来やせんが、一ノ矢の又左どんが言っておりやした。逆に苦情が出ているとか」

伊三次が苦笑いしながら龍之助に報告した。買い手の客が困っているそうだ。

成果はあった。

町人姿を扮えた倉石が二、三度、一光堂を訪れ、そのときは決まって次郎左も一光堂に入り、倉石が橋次と一緒に次郎左の住処に行くこともあったらしい。橋次が龍之助に小突かれて以来、

「三人の結束は増したようですぜ」

又左が龍之助に告げ、

「どうやら共通の敵ができたのが原因らしく、つまり旦那のことでさあ。うちの親分も、次郎左と直接ぶつかる機会が遠のいたと喜んでおりやした。あっこれはどうも」

「ふふふ。それも目的の一つではないか」

龍之助は笑ったものである。実際、そうなのだ。

成果はそれだけではない。

「へへ、兄イ。大当たりですぜ。あっしが尾けたとき、橋次の野郎、どこへ行ったと

思いやす。いずれも愛宕山下の大名小路で、奥州一関(いちのせき)藩の田村屋敷と出羽鶴岡(でわつるおか)藩の酒井屋敷でさあ。うふふふ」

満足そうに左源太が言った。

どちらのときも、いま武家屋敷の中間が一光堂に入ったと一ノ矢の若い衆が左源太の長屋に知らせ、駈けつけて出て来るのを待った。中間が出てきたとき、橋次も一緒だった。大きな箱を風呂敷に包み、背負っていた。武家屋敷には裏の勝手門から入った。出入りの商人としての体裁をとっている。実際、出入りの商人なのだ。出て来たときは橋次一人だった。

「帰るときは箱の中が軽くなって、ほくほく顔だったはずですぜ」

左源太は橋次に顔を知られているため、行くときに尾けて屋敷を確認するだけにとどめた。

「それで充分だ」

龍之助はうなずいた。

愛宕山下の大名小路は幸橋御門を出たところから、東海道と並行し甲州屋のある宇田川町の裏手までまっすぐに延び、増上寺の僧坊に突き当たる地形になっている。倉石俊造が増上寺の門前あたりから東海道沿いに芝高輪(しばたかなわ)のほうまでご掟法の探索の範囲を広げたなら、その行き帰りにかならず通る筋道だ。地理にも詳しく、大名小路の武士や中間などの奉公人と顔見知りになるのは、きわめて自然なことだ。

龍之助は左源太からそれら大名家の名を聞いたとき、

「ふむ、ふむ」

と、得心したようにうなずいたものである。

さらに幾日か過ぎ、そのあいだに橋次は旗本屋敷にも数カ所出入りしたようだ。

龍之助は待った。

中間の岩太の足音を……、

『会いたい』

との加勢充次郎からの伝言である。

倉石俊造は一光堂の橋次から〝共通の敵〟の名を聞かされたとき、仰天したはずである。北町奉行所定町廻り同心の鬼頭龍之助とは、これまで幾度かおもてにはできない探索で互いに合力したことがある。当然、龍之助の不気味な実力も知っている。

(あの鬼頭どのが！)

倉石はこれまでを反芻し、危機感を強めたことだろう。なにしろいまは自分がご政道を盾に不忠の道に踏み入っているのだ。きのうの友はきょうの敵か、

（抹殺する以外にない）

そこまで思い詰めても不思議はない。切羽詰まった倉石は、差配の加勢充次郎にどう報告したか、というよりもどう持ちかけたか……。加勢ならその報告を確かめるため、かならず龍之助につなぎをとるはずだ。

そのとき〝世の拗ね者〟の火の粉を払いのける好機を得るか、あるいは定信と刺し違える覚悟をするか、龍之助にとって正念場になることは間違いない。

そのあいだにも、江戸市中のあちこちから絵師が捕縛されたの、版元が牢に入れられたの摺師が逃亡したのと、事件の噂は枚挙にいとまがなかった。

だが、増上寺の門前町も神明町も平穏であった。

龍之助が見て見ぬふりをしているのだ。

本門前一丁目の柳堂に、枚数こそ少ないものの、ふたたびきわどい美人画や枕絵がならびはじめていた。

以前、又左が柳堂の宋兵衛に泣きつかれ、

「――秘かに動いている一群もある」

言ったことがある。その一群に又左がつなぎを取り、いくらかは仕入れができるようになっていた。値がかつての三倍、四倍でも、一光堂がそれ以上に吊り上げてくれていたので採算は取れた。

神明町では、枝道の奥まった小料理屋のもみじ屋で、ときおり賭場も開かれていた。伊三次が開帳の日を客に知らせるのに細心の注意を払い、馴染みでない客は常連客の紹介があったときだけに限定し、さらにお甲が大損したり大勝したりする客が出ないようにうまく壺を振っていたから、盆茣蓙は粛々と進み、開帳がおもてに洩れることはなかった。客たちは一攫千金を夢見るのではなく、ご掟法の裏をくぐっている緊張感があり、盆茣蓙の場にいるだけでなにやら溜飲を下げる爽快感を得ていた。そこに岡っ引の左源太も客になっているのだから、龍之助に日時が伝わっても役人が踏み込むことなどはなかった。

文月も末ごろとなった日だった。

奉行所へ出仕しようと老僕の茂市を随え、玄関でウメから大小を受け取り、腰に帯びたところだった。

冠木門に、人の駈け込む足音が、

「おっ」

顔を向けると同時に、

「鬼頭さまっ。間に合ってよございましたっ」

玄関前でたたらを踏んだのは中間姿の岩太だった。

――きょう、火急の用にて甲州屋で
と、用件は口上だった。それだけ岩太が加勢から信頼されている証(あかし)でもある。その足で甲州屋に走り、一度幸橋御門内の屋敷に戻ってから、ふたたび加勢のお供で出て来るという。

龍之助は茂市だけを奉行所に遣わし、直接微行(びこう)に出ることを告げさせ、自分はとりあえず神明町に向かい、左源太を連れ甲州屋へ向かうことにした。加勢が指定した時刻は、それができる余裕があった。

（いよいよ来なすったな）

京橋の騒音のなかに思えてくる。世の中が質素質素、倹約倹約でいかに停滞していても、日本橋や京橋の橋板を踏む大八車や下駄の音だけは、実父である田沼意次の時代とさほど変わりはない。松平定信の時代になってからは、このうるさいだけだった橋板の騒音が、ご政道に抗(あらが)う諸人の声のように龍之助には聞こえていた。

新橋も同様だ。

茶店の紅亭で茶汲み女に左源太を呼びにやらせ、

「へへ。とうとうおいでなさいやしたね」

「そういうことだ」

と、すぐに駈けつけた左源太と縁台で一息入れ、宇田川町に向かった。龍之助にしては街道を引き返すかたちになるが、宇田川町は新橋のかなり手前で神明町のすぐ北隣だから、それほどの無駄足にはならない。

「あらよっ。へい、ごめんなすって」

と、人足の声とともに前方から走って来た大八車を二人が軒端（のきば）に避けると、すぐそのあとうしろから来た大八車が、

「へいぃっ、ごめんなさんしょ」

と、二人の脇をかすめるように追い越して行った。

あとには土ぼこりがもうもうと上がる。

以前なら、

「――水でも撒いておきやがれってんだ」

などと左源太が悪態をつくところだが、

「へへ。この感触も、なかなかのもんでやすねえ」

「あゝ。京橋も新橋も、いい音がしていたぞ。江戸は死んではおらん」

と、顔の前を手で払いながら言うのへ、龍之助は返していた。

「おっと、兄イ。そこを曲がりやしょう」

「おう」

二人は脇道に入った。甲州屋はもう近い。

五

甲州屋には龍之助たちのほうが先に着いた。さほど待つこともなかった。いつもの裏庭に廊下を隔てて面した座敷に、二人は胡坐(あぐら)で対座した。

文月（七月）も末とあっては、明かり取りの障子を閉めきっても暑さは感じない。廊下にも庭にも人の気配はなく、ひたすら静かな環境が整えられている。

いつものとおり時候の挨拶などないなか、とくにきょうは加勢充次郎の表情は深刻というより、険しさを帯びていた。

「お待たせいたした」

と座したときも、笑みさえ浮かべていなかった。

（ふむ、〝世の拗ね者〟の件だな）

龍之助は直感した。

果たしてそうだった。

「余の儀ではござらぬ。ご貴殿に以前から要請してあった、田沼家の隠し子の件でござる」

「ふむ。またなにか、高貴の出を名乗る者が現われましたか」

開口一番に切り出した加勢に龍之助は返し、湯飲みをゆっくりと口に運んだ。

「いや、こたびはそのようないい加減なものではござらぬ」

これまで〝やんごとなき血筋〟を名乗る占い師、巫女、浪人者などの噂を聞くたびに、加勢に依頼され龍之助がそれらの背景を洗った。結果は最初から分かっていることだが、いずれも〝田沼意次の隠し子〟の関わったものではなかった。それらを加勢は〝いい加減なもの〟と言っている。

「ならば、いかような。四十年前に田沼邸へ奉公に上がっていて、宿下がりをした者が見つかりましたか。してそれはいずれの」

「いや。それはまだ足跡すらつかめぬ。なにぶん、四十年も前のことじゃ。それよりも、それがしが以前そなたにも話した、世を拗ねた生き方をしていた者はおらぬかといった件でござる」

「聞きましてござる。世捨て人ならず世を拗ねた者……なかなか範囲の広い……」

「さよう。手掛かりといっても、あまりにも漠然としすぎている。じゃが、倉石がそれらしき者をつかみましてな」

「ふむ。して、いずれに。名はなんという。さっそくそれがしが身辺を洗ってみましょう」

内心ドキリとしながらも、興味を持った態をつくり、上体を前にかたむけた。

「それが、この近くにて……その……」

加勢は言いにくそうに口ごもった。

「どうなされた。やはり、漠然としておりますのか」

「いや。その逆で、はっきりしすぎておりますのじゃ」

「おっしゃっている意味が分かりませぬが」

「そこじゃ。倉石が聞き込んで参りましてな。その倉石が申すには、十年か二十年ほど前に、この芝の界隈でけっこう腕の立つ浪人風情の者がいたらしい」

「この界隈？　で、名は？」

「それでござるよ。増上寺近辺の町場の与太者から聞いたらしいのじゃ」

「ほう。いかように？」

龍之助はふたたび湯飲みを口に運び、ゆっくりと乾いた喉を湿らせた。

加勢は龍之助を凝視し、おもむろに言った。

「鬼頭龍之助……。そなたでござる」

「うっ」

龍之助は瞬時、驚いたようすをつくり、

「ほおう。八丁堀の同心鬼頭家のそれがしが、世の拗ね者でござったか。ならばわが鬼頭家の先祖も、さぞ嘆くことでありましょうなあ」

皮肉を込めた口調で言ったのへ、

「もちろん、わしはまだ詳しい探索を倉石に命じてはおらぬ。倉石から土地（ところ）の与太者から聞いた話としてさような報告があったゆえ、そなたに直接訊いてみようと思いましてな」

「うーむ。あのころそれがしは、そうそう、まだ鬼頭家の家督を継ぐ前でござった。芝四丁目の室井（むろい）道場に通っておりましてな。よって、この近辺は馴染みの地ではござったが」

「ほう、知っておりもうす。実戦を重んじる鹿島新當流の道場でござろう。あそこに通っておられたのか。なるほど、奉行所の同心にぴったりの流派でござる」

「そこへの行き帰りに、あのころは若気の至りか、街道筋で住人に迷惑をかける与太者や酔っ払い、浪人者などを痛めつけたことは幾度かありましたなあ」

「ほう、それはまた」

険しかった加勢の表情がやわらいだようだ。あのころの龍之助をいかに調べたとしても、娘を田沼家へ奉公に出していた室町の浜野屋につながるものは、なにも出てこないはずだ。母の多岐はそのために、実家の浜野屋を出たのだから……。

加勢の表情の変化は、龍之助にとってまさしく正念場であった。

往時を偲ぶ表情に笑顔をつくり、

「田沼さまが老中になられたころ、それがしはすでに鬼頭家の家督を継ぎ、北町奉行所の同心でござった。もし私が田沼さまの隠し子なら、そのとき与力か奉行になっていたかもしれませんわい。いや、逆にいまごろは牢屋敷の下男(しもおとこ)にでも格下げされていましたろうかな、あははははは」

「ごもっとも、ごもっとも。足軽組(うち)の倉石もまた、町の与太者の話などをわしのところへよく持ってきたものでござる」

「いや、加勢どの。よう話してくれました。実は……」

龍之助は不意に真剣な表情になり、加勢充次郎の顔を見つめた。

別間では左源太と岩太が客用の上等な茶を飲みながら、

「まったく町場は、女郎屋も絵草子屋も賭場も火が消えたみてえで、飲み屋で飲んでも一向に気勢が上がらねえ。おめんとこの殿さん、なんとかならねえかい」

「息苦しいのは町場ばかりじゃないよ。中間部屋で同輩がよく仲間内だけで盆茣蓙を開帳しているが、最近じゃ家士のお方らまで、息抜きに小銭を賭けに来なさっているよ。腰元衆まで、座敷の奥でさいころを振っているらしい。なんでもかんでもご停止で、そうしなきゃやっちゃおれないのさ」

「へえ、腰元衆まで丁半を。おもしれえ。俺も行ってみてえ」

「あはは。中間の賭場と腰元衆は、まったく場所が違うぜ。どっちも殿さんに知れりゃあ打ち首だ」

などと話している。松平屋敷は、ますます息がつまる状態になっているようだ。

奥の座敷では、

「なんでござろう」

加勢充次郎が龍之助の視線を受け、真剣な表情に戻った。

「これは、言おうか言うまいかと迷うていたのでござるが、いまの加勢どのの話で決心がつきもうした。決心というよりも、言わねばならないこと、と……」

「ふむ」

加勢も上体を前にかたむけ、聞く姿勢をとった。

龍之助は険しい表情で語りはじめた。

「倉石どのが聞き及んだという与太でござるが、増上寺の中門前一丁目で貸元を張っている次郎左といっておりませなんだか」

「うっ、確かに、そのような名じゃった。貴殿、なぜそれが……」

「分かると申されるか」

「さよう。これはまだ、それがしと倉石のあいだでだけしか話されておらぬゆえ」

「倉石どのは、その次郎左の話をするとき、一光堂の橋次なる者の話はされませなんだか。たぶん、話していないと思いますが」

「ん？　さような名、聞いておらんが。鬼頭どの、なにやら意味ありげな言い方でござるが……」

加勢は怪訝な表情になり、龍之助を見つめた。

「やはり」

と、龍之助は得心の表情をつくり、

「加勢どの。絵草子や浮世絵のご停止の令が柳営より出されるとき、事前に倉石どのに話されなんだか」

加勢には龍之助の〝やはり〟の言葉が効いたか、言いにくそうではあったが、

「足軽の組頭は、市中での監査の先頭に立つ者どもゆえ、一部の者には心構えの必要から、およその日取りは話しもうしたが」

「それでござる」

龍之助は膝を叩き、一光堂と次郎左の位置関係はもとより、本門前の柳堂から布令の前にご停止の品を買い占め、その後、一光堂がそれら禁制品の出商いを独占した話を詳細に語った。加勢はそれらの一つひとつに、

「えっ。さようなことが」

と、驚きの声を洩らし、一光堂の橋次、土地の貸元の次郎左、それに倉石俊造がときおり談合しているという話には、

「うううっ」

歯ぎしりとともにうなり声を上げた。

「それゆえにでござる。町方としては、即刻一光堂に踏み込み、後押しをしている与太の次郎左ともども、橋次を番屋に引き立て商舗は闕所にしなければならぬところ、外へ呼び出して十手で頭を小突き、警告するだけにとどめておりましてなあ。踏み込み、そこに倉石どのが居合わせたならどうなりますか。居合わせなくとも、奉行所の白洲で倉石どのの名が出ればいかようになりましょうや」

「うぐぐっ」

信頼していた直属の配下だ。衝撃であろう。加勢の喉元から出るのはうめき声に変わった。まさかと疑いの口を挟まなかったのは、昨今の倉石の行状から、思い当たる節があったからかもしれない。

「それがしが躊躇しているのは、それだけではござらぬ」

「えっ。まだ、なにか……」

加勢は極度に困惑した目を龍之助に向けた。

龍之助は話した。一光堂の大名家への出入りである。

「なんと！」

加勢は仰天し、

「田村邸といえば奥州一関藩三万石！　それに酒井邸は出羽鶴岡藩十四万石ではない

か！　しかも、すぐそこの大名小路の。うーむむむっ」

「場末の一枚絵の売人に、品を持っているとはいえ、さような屋敷においそれと出入りできるとは思えませぬ。橋渡しをしたのは、倉石どのでありましょう。事前に禁制品を買占めさせ、計画的に」

「ぐーっ」

　加勢にとって、これにまさる衝撃はない。大名家はその二藩にはとどまらないだろう。それらが町方の手でおもてになれば、枕絵とはいえ、老中首座のご政道への真っ向からの挑戦である。

　加勢はすでに声も出なくなっている。おもてになれば、屋敷内で倉石の処断はむろん、加勢充次郎の切腹も免れない。さらに大名家からも多数の処断や切腹が出ようか。ちなみに田村邸は、かつて殿中で刃傷（にんじょう）を働いた浅野内匠頭（たくみのかみ）が預けられ、切腹した屋敷である。

「なあ、加勢どの」

「ううっ」

「倉石どのが、私を田沼の隠し子かもしれないなどと〝世の拗ね者〟にしたのは、一光堂の橋次や与太の次郎左から相談を受け、すべてを知る私を牽制するためだったのかもしれませんなあ。場合によっては、私を抹殺するための名分を得ようと……」

「さ、さよう。それに、それに相違あるまいっ」

「ならば、いかがなされます」

加勢は空に泳がせた視線をふたたび龍之助に据え、一膝前ににじり出るなり両手で龍之助の手を包み込むように握り締め、

「鬼頭どのっ、よく、よくぞ話してくだされたっ」

切羽詰まった口調だった。

つづけた。

「倉石俊造、根は悪人ではござらぬが、当方で調べるまでもあるまい。役務への過労から、魔が差したのであろうかのう」

まだ龍之助から手を離していない。

「のう、鬼頭どの。屋敷にはあの者の妻子もおれば血縁の者もおる」

「ならば、横目付の武藤三九郎どののときのように……」

「さよう。できまするか」

「はい。それがしも町方としてご法度に基づき、増上寺の門前を掃除しなければなりませぬ。そこに松平屋敷の倉石どのが合力してくださり、難に遭われ役務に殉じられ

た……と」

「おぉ、鬼頭どの」

加勢は包み込んだ龍之助の両手を額に押し当て、

「恩に着ますぞ」

瞑目し、ようやく離した。

「なれど加勢どの。方途は、それがしに任せてもらいますぞ。さきほど申したとおりに、かたちはつくりますゆえ」

「うむ。町場のことは、町方に敵いませぬゆえなあ」

部屋の緊迫した空気が、ようやくやわらいだ。だが、重苦しいものになっていた。

この日、加勢は甲州屋の座敷で中食の膳は摂らなかった。岩太は残念そうにしていたが、加勢は思わぬきょうの展開に食が喉を通る状態ではなく、帰るときも顔面蒼白のままであった。

玄関まで加勢を見送ったあるじの右左次郎が奥の部屋に戻ってきて、

「加勢さまはどうかなさいましたか。いつもとごようすが……」

「ちょいと、な」

訊いたのへ龍之助は返し、

「さようでございますか」

と、それ以上訊くことはなかった。気にはなるが積極的に事情を知ろうとしないのもまた、献残屋の作法なのだ。

代わりに奥の座敷で左源太が龍之助と中食の膳をつついた。

決して愉快な膳ではなかった。

ようすを聞いた左源太は思わず動かしていた箸をとめ、

「兄イ。できるのかい、そんなことが」

「やらねばならんだろう」

龍之助は言った。加勢充次郎の言ったとおり、倉石は魔が差したのだろう。松平屋敷の悪党を討つため、これまで共に闇を走ったこともあるのだ。罪人として処断する気にはなれない。加勢も、それを龍之助に託したのだ。

龍之助もあまり膳は進まなかったが、左源太は大いに進んだ。

左源太の話した松平屋敷の状況には、

「ほう。中間部屋も女中部屋も、露顕ねばいいがのう」

「お甲を松平の腰元に送り込んだら、屋敷の腰元衆、大喜びするでやしょうねえ」

と、これには龍之助も頬をゆるめたものだった。

六

予想以上だった。加勢充次郎が龍之助に倉石の処理を依頼してから数日、松平屋敷に閉じこもり食事も喉を通らず、毎日市中監視の下知を受ける組頭たちが、

「大番頭はいかがなされた。急にやつれなさったような」

と、心配するほどだったそうな。このことは、後日に左源太が岩太から聞いた。加勢にとって、甲州屋での龍之助への依頼は、思わぬ事態に対し、お家のためを思った苦渋の決断だったのだ。

加勢の依頼を受けたその日に、龍之助は一ノ矢に、

「俺は茶店の紅亭に詰めているから、一光堂の見張りを片時もおろそかにせず、動きを逐一報告してくれ」

頼むと同時に、

「だがな、なにが起ころうとも、おめえら絶対に手を出すんじゃねえぞ」

きつく言っていた。これは一ノ矢にとってもありがたいことだった。一ノ矢と次郎左の若い衆が直接ぶつかり、次郎左一家をひねり潰すのにそれがきっかけのようにな

っては、

『一ノ矢め、増上寺の門前町すべてを力で差配しようとしていやがるのか』

などと他の貸元たちから声が上がり、これまでの微妙な均衡が崩れる危険性が高い。

一ノ矢にとっても好ましいことではない。

一ノ矢は精力的に龍之助の指示に従い、代貸の又左に命じて大門の広場に若い衆を配置し、一光堂を監視しつづけた。

大松の弥五郎も合力し、伊三次が若い衆数人を引き連れ、交替で又左に合流して一光堂に出入りする者を窺(うかが)っている。大門の広場には朝から夕方まで屋台や大道芸人が出て参詣人も多く、茶店の縁台に座り、あるいはそぞろ歩きを装い、足留め場を設けなくても、容易に見張れる環境であった。

龍之助は神明町の茶店・紅亭に陣取り、いわば厳戒態勢を敷いている。

気分のいいものではない。

倉石が一光堂に現れたとき、帰りに待ち伏せて襲い、町の者に殺されたかたちをとるか、それとも一光堂に踏み込み捕物を演じてその最中に殺害し、名誉ある死のかたちをつくるか、そのときが昼間か夕刻かで決める算段を一応は立てている。

「――できれば踏み込んでも、橋次までその場で殺すことは避けたい」

龍之助は左源太とお甲に言った。左源太はふたたび〝できるのかい、そんなことが〟と言ったものである。

「龍之助さまア」

と、ときおりお甲が話し相手に来て、龍之助をなごませていた。ただの話し相手ではない。選んだ策によっては、お甲も重要な戦力になるのだ。

龍之助が〝逐一〟と言ったように、一光堂に出入りの者があるたびに、すべて茶店の紅亭に報告があった。一日にせいぜい一人か二人である。だが尾行すると、いずれも武家屋敷から来た者で、橋次が出かけるのもまた武家屋敷で、それらは近場の愛宕山下の大名小路に限らず、赤坂から四ツ谷のほうにまで及んだ。大名家や旗本家を相手に、日に日にご禁制品の販路を広げているようだ。

(小気味のいいことをしやがる)

龍之助には内心思えてくる。

甲州屋で〝処理〟を請け負ってから五日ほど経た日だった。

太陽はまだ東の空で、午(ひる)にはかなりの間がある時分だった。

「いま、倉石俊造が一光堂に入(へえ)りやした」

一ノ矢の若い衆が茶店の紅亭に駈け込んだ。

「よし」

と、龍之助、左源太、お甲がすぐさま出張り、広場の屋台の汁粉屋（しるこや）に、あるいは葦簀（よしず）張りの茶店に待機した。

倉石は半刻（およそ一時間）ほどで出てきた。町人姿だ。

「おめえら、ついて来るんじゃねえぞ」

龍之助は又左に告げ、お甲に目配せした。

倉石の背後五間（およそ九米（メートル））ほどに紅亭の仲居姿のお甲が尾（つ）き、そのまた五間ほどうしろに左源太が、さらにその背後に龍之助が尾いた。機会を狙っての尾行である。お甲のふところには手裏剣が、職人姿の左源太の腹掛（はらがけ）の口袋（こうたい）には、十手とともに分銅縄が数本入っている。

倉石は大門の広場から街道に出ると神明町方面への北に向かい、周囲に目を配ることなく茶店・紅亭の縁台の前を通り過ぎ、宇田川町で枝道に入り、大名小路に出た。先頭で尾けているお甲は、武家地の白壁ばかりの角で足をとめ、ふり返った。その措置は正しかった。大名小路は人通りのほとんどない広い往還である。そこにも尾けたのでは、一度ふり返ればすぐに勘づかれる。それにここまで来れば、倉石の歩の向かう先は分かっている。大名小路の北の突き当たりは幸橋御門であり、入れば松平屋敷の正面門が見える。

白壁の角に三人は固まるかたちになった。

「引き返すぞ」

「あい」

「だっちもねえ。こんな昼間じゃ」

三人はまた間合いをとって街道に戻り、茶店・紅亭の奥の部屋に落ち合った。

「せめて火灯しごろなら、幸橋の手前で呼びとめ、濠沿いの土手道で襲うこともできるのだがなあ」

「昼間でも、愛宕山の権現さまへでもお参りに行ってくれれば、参道の樹間から手裏剣を打てるのだけど」

龍之助が言ったのへ、お甲が帯に挟んだ手裏剣をそっと撫でた。

だが太陽が高い時分での街道と大名小路では、それこそだっちもねえことである。

「出て来るのを待つよりも、夕刻に呼び出しをかけるなど、こっちから仕掛けたほうがいいんじゃござんせんかい」

「ふむ」

左源太が言ったのへ、龍之助がその気になったうなずきを返したときだった。

「鬼頭の旦那。もう、帰ってらっしゃいましたか」

廊下から板戸越しに声を入れたのは伊三次だった。

「どうやら恵まれなかったようでやすね」

言いながら部屋に入って胡坐に座り、

「伝えるほどのことじゃねえかもしれやせんが、倉石たらが一光堂を出てからすぐでさあ。橋次の野郎も出てきて次郎左の住処(すみか)に入り、さっきまた一光堂に戻ってめえりやした」

「なに。倉石が帰ったあと、橋次が次郎左の住処に？」

さほど重要でもなさそうに言ったのへ、龍之助は反応を示した。

「あの小悪党ども二人、なにを話しやがった。倉石に関わることに相違あるめえ。それも、当人の前では話せねえことをよ」

「さあ、それは」

伊三次は頼りなげに言った。たとえ一ノ矢と大松の弥五郎が手を組んでいるとはいえ、次郎左と橋次の鳩首の内容まで知るのは困難だ。次郎左一家の若い衆をたらしこみ、金轡(かねぐつわ)を喰(は)ませても無理だろう。

龍之助が関心を寄せ、懸念を持ったのは正解だった。

だが、内容が分からない。

次郎左と橋次の二人は、額を寄せ合い鳩首していた。

「親分さん。あの松平屋敷の倉石め、ふざけた野郎ですぜ。野郎には最初に親分から用立ててもらった仕入れ金のうちから、お触れの時期を教えてくれたのと大名屋敷に口をきいてくれた割前として十両もくれてやっておりまさあ。それなのにさっき来て、儲かっているようだから、あと十両寄こせなどと」

「ははは。柳堂から仕入れた在庫がどんどん減っていって、商いはあと幾月も持たねえだろう。そこでさらに十両もくれてやったんじゃ、おめえ足が出るんじゃねえのかい。柳堂は新たな仕入れ先を見つけやがったようだし。一光堂もそこから仕入れれば、販路はあっても儲けは少ねえぜ」

「そのとおりでさあ、親分。笑いごとじゃござんせん。一枚絵など、相場の十倍で売ってもそう儲かるものじゃなし。そこが倉石の野郎には分からねえ。柳堂に倣って新たに仕入れるには、倉石なんざじゃまになるばかりでさあ。そこもわきまえねえで寄こせ、寄こせの一点張りで、これだから世間に疎い侍は困るんでさあ。あの人はもう使い道はありやせん。それよりも逆でさあ。あんまりうるさいので、五両くらいは用立てるから、あした夕方来てくだせえと言って追い返しやしたがね。野郎め、五両でもいいとぬかしやがって」

「あした、夕方か」

「へえ。親分も言っててらしたじゃござんせんか。あんな世間知らずで生真面目な野郎は、いったん欲を出せばきりがなくなるから気をつけろ、と」

「あぁ、そのとおりだ。もう、欲を出しやがったわけだな」

「出しやした。さいわい、野郎はいまお屋敷では隠密行動で、行き先は誰にも告げていねえはずでさあ」

「そりゃあ告げられねえだろう。それに野郎、町人姿で刀は帯びていねえなあ」

「帯びておりやせん。刀を持っていねえ侍など、恐くはありやせんや。匕首くれえは持っていやしょうが、それはあっしらだって」

「ふふふ。それであしたの夕刻かい。五両、あるのかい」

「ありやせん。代わりに別の金物を……。やつを生かしておいて臍を曲げられりゃあ、奉行所より厄介なことに……ねえ、親分」

「ふむ」

橋次が言うのへ、次郎左はうなずいていた。

七

翌日である。

（きのうのきょうだ。倉石どのは二日もつづけて一光堂に面を出すことはあるまい）

龍之助は判断して朝から奉行所に出仕し、

「私の管掌する範囲に、不逞な動きはありません」

報告し、神明町に出向き茶店の紅亭に入ったのは、太陽が西の空に入り、それもかなりかたむいたころだった。

「龍之助さまア」

と、すぐにお甲が話し相手に来た。

「割烹の紅亭で仲仕事をしているときも、手裏剣を帯の裏側に隠し持って、いつまでつづくんですかねえ、こんな待ちぼうけの構え。左源の兄さんが言うように、こっちから仕掛けては」

「それも一案だが、松平屋敷に俺たちが動いたことを微塵も覚られちゃならねえ」

と、龍之助はいつになく慎重になっている。

（定信の出した布令などで、一人も挙げたくない。まして死者など……）

その思いが慎重というより、消極的にさせている。こたび消し去る標的が松平の家臣であっても、加勢が言ったように〝ご政道ゆえに出た〟というより、

（陥（おちい）ったのではないか）

と、むしろ同情する思いが龍之助にはある。

「ま、もうすこし機会を待ってみよう」

話しているところへ、

「兄イ、詰めているかえ。お、この草履（ぞうり）、お甲も来ているのかい。ちょうどいい」

左源太の声とともに廊下の板戸が開き、

「兄イ。きょうも来やしたぜ、倉石さんが。さあ、すぐ来てくだせえ。きのうよりもいい時間帯じゃねえですかい。それにちょいとようすがおかしいんで」

「なに？」

廊下の土間に立ったまま言う左源太の言葉に、龍之助は緊張を覚えた。来ないと思っていたところへ来た。それにきのう、倉石の帰ったあとすぐ橋次が次郎左を訪ねたことも重なり、

（なにやら予期せぬことが起こりつつあるのではないか）

いつになく緊張を倍加させた。

「よし、すぐ行く。それよりも、上がれ」

「へえ」

左源太は部屋に上がり、板戸を閉めた。

「どんな具合におかしいのだ」

「別に大したことじゃございやせんが」

左源太は板戸を背にしたまま話した。

「倉石さんが来るすこし前でさあ。次郎左のとこの若い衆が三人ばかり一光堂に入りやした。そいつらが出て来ねえうちに倉石さんが来なすって、中に入ったたって寸法で」

「うっ。ならば、四人で倉石どのを迎えたってことか」

龍之助の問いは早口になっていた。

「そういうことになりやすが」

「行くぞ！」

「はいな」

左源太を押しのけるように龍之助は雪駄をつっかけ、お甲も返事とともにひょいと廊下に飛び下りた。

「あ、待ってくだせえ」

告げに来た左源太も慌てて龍之助につづいた。

外に出ると街道を走らず、神明町の通りに入り裏道から増上寺大門の大通りに向かった。裏道でも走ることはできない。奉行所の同心が着ながしの裾を乱して走っておれば、町の者はそれだけでスワ事件！　とばかりに野次馬となって一緒に走ってついてくる。

それでもやはり雪駄に土ぼこりを上げ急ぎ足になる。

大門の大通りに出た。

陽が落ちるすこし前の時間、参詣客はそろそろ帰途につこうとし、大道芸人や屋台はあとすこしの商いで呼び込みの声を張り上げている。

急いでいるのが同心とあれば、参詣客たちは、

「あ、これは」

と、道を開ける。

そのあとにお甲と左源太がつながっている。

「あ、鬼頭さま。こちらで」

本門前の範囲内で、中門前に近い葦簀張り(よしずば)の茶店から声がかかった。大松の伊三次だ。

「旦那。待っておりやした」

と、又左も出ていた。

「あたしはあちらで」

と、お甲はすぐ近くの汁粉の屋台に向かった。

「おう。松平のお人は出て来たかい」

「それが、どうもみょうなので」

「ん？　なにかあったかい」

三人は葦簀の中で立ち話のかたちになった。

あたりには一ノ矢と大松の若い衆が目立たぬようにたむろしている。左源太はそのなかに混じった。葦簀の中で、又左も伊三次も深刻そうな表情になっていた。又左が早口になるのを落ちつけようとする口調で応えた。

「松平の町人姿のお人が一光堂の路地に入ってすぐ、本門前の料亭の仲居を路地に入れやした」

若い衆を直接路地に入れては、次郎左の若い衆と出合わせ、諍い(いさか)になる危険があるからだ。

「で？」

「閉まっている腰高障子戸の中から、なにやら器物の壊れる音に、人のうめき声も聞こえたと、恐がったようすで広場へ小走りに出て来やして」

「なんだと！」

「それですこし間を置いて、また別の仲居を入れやした」

「それで？」

「物音はなにも聞こえず、静まり返っていた、と」

「かえって気になりやすぜ。不気味な感じで」

「お甲！」

伊三次も真剣な表情で言い、龍之助はお甲を呼んだ。

「ええぇ。お汁粉、まだ半分残っているのに」

「早くかき込んでこっちへ来い」

「んもう」

お甲は急いで残りを頬張り、

「おじさん。お代、ここにおいとくね」

葦簀張りのほうへ小走りになった。

「おめえ、一光堂の前をぶらっと歩き、嗅ぎ出せるものがあれば嗅ぎ出してこい」

「えぇえ、あたしが？」

「お甲姐さん。実は……」

手短に又左が先の二人の仲居の話をした。

「えっ」

お甲は軽い驚きの声を上げ、

「それじゃ」

と、三人の真剣な視線に押され、ぶらりと中門前一丁目の枝道に入った。

陽が落ちた。急激に暗くなるわけではない。まだ暮れなずむ時間がいくらかある季節だ。

紺の着物に黄色い帯の、紅亭の仲居の姿だ。仲居の着物はどこでも似たようなもので、紅亭だからといってとくに目立つことはない。それにお甲なら、物音を聞いたの聞かなかったのだけではなく、そこになにが起こっているか嗅ぎ取ってくるだろう。

龍之助にすればかえって心配だ。左源太を呼び、

「路地には入るな。角からお甲の無事を確認するだけでよい」

と、見守り役に枝道へ送り込んだ。

お甲はゆっくりと路地に入り、さらにゆっくりと暖簾もなく閉められた腰高障子の前を、袖が擦れるほどに歩を進めた。

先入観からではない。

(みょうに)

静まり返っているのを感じる。

コトリと音がし、人の気配を感じた。それも外の人の影を気にした、潜むような気配だった。腰高障子にわずかなすき間がある。覗いたが、中は暗くて見えない。障子戸の人影は、屋内から見えているはずだ。このまま離れるのはかえって不自然……。

「あのう、もうし」

障子戸を叩いた。

二度、三度……。

「なんでございましょう。店は閉めておりますが」

(これが橋次とやらの声か)

お甲は感じ取り、

「神明町の小料理屋の仲居でございますが、うちのお客さまが、そのー、つまり、あの方面の一枚絵をご所望でして」

「それは、それは。ですがご覧のとおり、もう商っておりませぬ。お帰りください」

「あら、ほんの数日前ですよ。ここに来れば、値は張るがそっと売ってくださると聞きましたが」

「さようでございますか。ですがさっきも話しましたとおり、もう商っておりませんので。品切れでございます」

「えっ、品切れですか」

お甲はもうすこしねばろうと思ったが、あたりがいくらか暗くなってきた。しつこいのもかえって不自然と判断し、

「それなら仕方ありませんねえ。うちのお客さんにそう申しておきます」

と、その場を離れた。

「ふーっ」

腰高障子の中で、一息ついているのを感じた。それも、一人ではない。話しているときから、

(数人いる気配)

を感じ取っていた。

大通りの広場に出た。

屋台も大道芸人も帰り支度にかかり、参詣人もまばらになり、出張っていた若い衆たちも本門前のほうに引き揚げている。

龍之助たちがいる葦簀張りだけに客が入っているのではなく、そうしたところがまだ数か所あるから、とくに目立つということはない。

「ふーっ。緊張しました」

と、お甲が葦簀張りに戻ってくると、すぐあとから左源太も戻ってきて、

「驚いたぜ、お甲」

「しっ」

言いかけたのをお甲は制し、

「本門前のほうへ」

一同は深刻な表情でうなずき、葦簀張りを出た。

「へい、ありがとうございやした」

茶店のおやじがホッとしたようすでかたづけにかかった。

龍之助も伊三次も又左も、戻って来たお甲のようすに、ただならぬものを嗅ぎ取ったのだ。

大門に近い本門前一丁目の花霞(はながすみ)に座を変えた。神明町での割烹・紅亭のように、増上寺の門前町で最も格式が高く、一ノ矢の息がかかった料亭である。

一同は急ぐように玄関に一番近い部屋に入り、

「戸を叩いたときに……」

お甲はさきほどの感触を話した。

部屋にはお甲、龍之助、又左、伊三次、それに左源太の五人が膝を交えている。

すでに一同はある種のことを想像している。

お甲はそれを決定づけるように、

「すき間に鼻を近づけたときでござんすよ。かすかに血の臭いが」

「…………」

瞬時、部屋に沈黙がながれた。座の全員が、想像したことに確信を持ったのだ。

明るいうちに次郎左の若い衆三人が一光堂に入り、次に倉石俊造が入り、そのすぐあと仲居が器物の壊れる音を聞き、つぎの仲居は、

「――物音一つせず、静かでございました」

その間、倉石は出てきていない。

導き出せる答えは、一つしかない。

腰高障子を開け屋内に入った倉石は、橋次のほかに与太が三人もいることに驚いたことだろう。そこへ有無を言わせぬ不意打ちで、腹や背を刺すのは困難ではない。しかも倉石は刀を持たない町人姿である。

龍之助にすれば、倉石は狙っていた相手である。しかし、

（名誉を保つ）

ことを殺しの第一条件としていた。

重苦しい沈黙を破り、腹から声を絞り出した。

「許せぬ」

そのやり方である。

「理由（わけ）は知りやせんが、このあと、やつらのすることは分かっておりやす」

落ち着いた口調で言ったのは又左だった。伊三次がうなずいた。

龍之助の思考は、この事態をどう処理するかに移った。左源太とお甲は、龍之助の表情を見つめている。

一ノ矢がすぐ花霞に入り、大松の弥五郎も駈けつけた。ともに若い衆から知らせを受け、予期しなかった深刻な事態に、

（代貸だけに任せておけぬ）

両人とも緊張の色を顔面に刷いている。

貸元二人がそろったところで、龍之助は決心がついた。

外はすでに暗くなり、さきほどの大通りの広場には、ときおり提灯の灯りが揺れるばかりとなっている。

淡い行灯（あんどん）の灯りのなかに龍之助は一同を見まわし、言った。

「おめえさんらの合力は得るが、口も手も出すんじゃねえぞ。おめえらに悪いようにはしねえ。俺と左源太とお甲の三人だけでカタをつける」

「おう、兄イ」

「あい」

左源太とお甲は返し、弥五郎と伊三次と又左は無言のうなずきを見せ、一ノ矢は言った。

「鬼頭さま、口出しはいたしやせん。ここを詰所に使っておくんなせえ」

三　秘かな仇討ち

一

さきほどから左源太がどうも落ち着かない。

そこが増上寺の門前町で、しかも一等地の本門前一丁目とあれば、外に出れば広場の大通りはすでに暗いばかりの空洞となっていても、枝道に入れば灯りが点々とつづき、脂粉の香とともに酌婦の嬌声も聞こえてくる。

だが、料亭の花霞で、一同は凝っとつなぎを待っている。詰所にした部屋は、玄関に一番近いところから、一番奥の勝手口に近い部屋に代わっている。

「兄さん、飲みに来ているんじゃないからね」

「てやんでえ。分かってらい、そんなこと」

からかうように言ったお甲は、紅亭の仲居姿から袂の細い筒袖と動作の軽快な絞り袴に着替えていた。お甲の軽業時代の衣装だ。綱渡りをしながら手裏剣を打っていたのだから、身の俊敏さに大松や一ノ矢の若い衆で敵う者はいない。

詰所の部屋には、龍之助と左源太とお甲、それに一ノ矢と又左、大松の弥五郎と伊三次といった、夕暮れ時とおなじ顔触れが行灯の灯りのなかにならんでいる。

龍之助は黒羽織を脱ぎ、着物は尻端折に手甲脚絆をつけ、鉄板入りの鉢巻にたすき掛けの打ち込み装束になっている。

廊下に足音が立った。仲居ではなく男の足音……。

（来たか）

一同は緊張した。

襖が開いた。一ノ矢の若い衆だ。

「次郎左の手の者が、中門前三丁目の新堀川の川原に舟を着けやした」

「野郎、沖へ沈める気だな」

一ノ矢がつぶやくように言い、座の緊張は増した。

寺社の門前町など奉行所の手が入りにくい土地には、自然と無宿者やお尋ね者などが入り込んで来て、厄介な死体がころがることもある。それらの始末も土地の貸元たちの仕事だ。もちろん人知れず、表向きは何事もなかったように……である。野原に埋める、無縁寺に投げ込む、海や川に流す……方途はさまざまだ。

増上寺の門前町にはさいわいと言うべきか、南側の端に新堀川が流れ、昼間なら目に見える東海道の金杉橋をくぐれば、すぐ江戸湾に出る。

緊張の増したなかに、

「鬼頭の旦那」

一ノ矢は龍之助に視線を向けた。

「ふむ」

龍之助はうなずき、

「金杉橋を過ぎてからやる。あのあたりは浜松町四丁目で海辺は芝湊町（しばみなとちょう）だ。少々派手にやっても、増上寺門前に関わりはなくなるだろう。あとは俺の好きなようにやらせてもらうぞ」

「うむ」

うなずいたのは大松の弥五郎だった。一ノ矢はなかば当事者で、弥五郎は見届け人か、あるいは一ノ矢と次郎左一家が直接ぶつかったときの仲裁人として来ているかたちになっている。

とはいうものの、〝俺の好きなように〟と言った龍之助の策がどのようなものか、一ノ矢も弥五郎も聞かされていない。龍之助の依頼どおり、無地のぶら提灯と鉤縄（かぎなわ）を用意し、若い衆を配置したが、

（この旦那、いってえ何をなさろうとしている？）

信頼しながらも、いささか心配でもある。とくに龍之助が同心の打ち込み装束をこしらえたのには、

（やはり役人として動こうとしなすっている）

門前町の沙汰人（さたにん）として、違和感も覚えていた。

さらに廊下に足音が……また一ノ矢の若い衆だ。

「やつら、簀巻（すまき）を担いで一光堂を出やした。三人で橋次は入（へえ）っておりやせん。一人は佐久次（さくじ）に間違（まちげ）えありやせん」

夕暮れに一光堂へ入った三人のうちの一人で、次郎左の代貸である。倉石俊造を刺したとき、この佐久次が差配だったことは容易に察しがつく。三人は一光堂で死体を簀巻にし、いままで時を待っていたようだ。

「よし、行くぞ！」

龍之助が腰を上げたのへ、左源太とお甲がつづいた。左源太の腹掛の口袋には分銅

縄のほかに一ノ矢の用意した鉤縄も入っており、軽業衣装のお甲はすでに火の入った無地のぶら提灯を手にしている。

飛び出した。勝手口からだ。一ノ矢と弥五郎は戸口まで出て見送り、又左と伊三次は十数歩離れてあとにつづいた。見届け人だ。提灯なしだが、淡い月明かりに慣れた道筋なら灯りがなくても不自由はしない。

走った。お甲も絞り袴であれば足は龍之助や左源太に負けていない。

「さすが、あの三人」

「まったくで」

すこし遅れて走る伊三次と又左が声をかけ合っている。

大門の大通りから街道に出た。ここも暗い空洞のようになっているが、まだところどころに飲食の店から灯りが洩れている。

金杉橋に着いた。夜であれば、水音がひときわ大きく聞こえる。橋のたもとが広場になっており、川原に下りる石段がある。かつてはここから流人船が出ることもあったが、いまは近くの住人たちの夕涼みの場となり、夏場には川原に屋台も出る。文月のいまはもう夕涼みの人影もない。

下りた。

すぐだった。

橋脚の向こうに、灯りをかざした舟が一艘、下ってくるのが見える。河口付近に行けば、灯りがときおり見える。釣り舟の漁火(いさりび)だが、いま川面に動いているのはこの一艘だけだ。秘かに出している舟なら、灯りを消せばよさそうなものだが、危険だ。橋脚にぶつかれば小さな荷舟では転覆する。それに岸辺に乗り上げれば、夕涼みの季節ではなくなっていても、夜風にせせらぎの音(おと)と虫の音(ね)を楽しもうという風流人が出ていないとも限らない。この危険性は龍之助たちもおなじだ。

「もうすこし川下に行くぞ。橋を離れる。お甲、提灯を持ったまま、先頭に立て」

「あい」

やはり川原では灯りは必要だ。龍之助の声に、三人は舟の灯りに合わせて川原を下った。

舟から、

「おかしいぞ、あの灯り。橋のところからついて来ているようだ」

岸辺から水面(みなも)の灯りが見えるように、舟からもお甲の提灯は見える。

だが、うしろにつながる龍之助と左源太の姿までは見えない。そうした間合いを、龍之助たちは取っている。それに川原を踏む音は、水音と舟の櫓のきしむ音がかき消してくれている。

「おっ。女のようだぞ」

「どれ？」

「おっとう。気をつけろい」

声の一端が川原にも聞こえ、舳先の灯りが大きく揺れた。

川原では、

「お甲、いまだ」

龍之助の押し殺した声にお甲が駈けながら提灯をかざし、

「舟のひとーっ。佐久次さんたちですかあっ。きゃーっ」

石につまずき、すぐに、

「中門前からですうっ。急な用事がーっ」

双方とも互いの提灯が無地であるのを確認できた。極秘の行動をとるのに、屋号や家紋入りの提灯を使うはずがない。そこに舟の者らはかえって安堵を覚え、しかも代貸の佐久次の名を呼ばれた。

（お仲間）

思うのが自然だ。しかも呼んでいるのは女だ。

「おーう」

佐久次は岸へ声を投げ、

「舟を寄せろ」

櫓漕ぎに命じた。警戒心はない。だが、それの長くつづかないことを龍之助は心得ている。櫓漕ぎも次郎左一家の若い衆のようだ。

舟底が浅瀬を削った。

水際から三間（およそ五米《メートル》）ほどはあろうか。

「おっ、おめえっ。神明町の！」

舟から声が上がった。提灯に浮かぶお甲の顔、神明町の賭場の百目《ひゃくめ》蠟燭《ろうそく》の灯りに見た、美形の女壺振りではないか。知っている者がいても不思議はない。それを龍之助は計算に入れていたのだ。

「なに！」

佐久次の声と同時だった。

お甲は自分の提灯の火を吹き消すなり、

「えいっ」

「うっ」

舟の舳先で提灯を持った若い衆の肩に命中した。お甲が手裏剣を打ったのだ。提灯が川面に落ち、一帯が淡い月明かりのみになる直前だった。

舟の者どもはようやくに嵌められたことに気づいた。

「離れろーっ」

佐久次の声だ。

同時に左源太が鉤縄を投げた。縄の風を切る音が水音に重なった。

——ガキッ

鉤が舟べりをとらえ、喰い込んだ。

左源太は力任せに引いた。

「野郎！」

「うわわわわっ」

舟が揺れる。

左源太の鉤縄に当たらぬように身を伏せていた龍之助が起き上がった。

(——一人も死者を出したくない)

思いは、一光堂での倉石俊造を殺した手口を覚った瞬間に失せていた。しかも舟上にいる三人は、直接手を下した者どもではないか。

岸辺に水音が立った。龍之助が浅瀬の舟に突進したのだ。

「北町奉行所だーっ」

膝のあたりまで水につかり、大刀を一閃させた。

手応えがあった。

「ううっ」

血潮が飛び、

——バシャン
水音が立った。刀の感触から、その者は即死であったろう。

『神妙にしろ』

の言葉はない。

舳先で提灯を落とした若い衆が、

「うううっ」

均衡を崩し龍之助の目の前へ、

——バシャン
落ちた。手裏剣だけでは致命傷にならない。

「許せっ」

その背を射し貫いた。

「うわっ」

岸辺で左源太がしたたかに尻餅をついた。

最後に残った一人が鉤縄を切ったのだ。

ふたたび振り上げた龍之助の刀が、その若い衆の肩を斬り裂いた。

声もなくその身は水面に水音を立てた。

その反動で舟は大きく揺れ、

「うわーっ」

櫓漕ぎを乗せたまま転覆した。

「まずい！」

龍之助は舟をつかまえようとしたが、すでに腰まで流れの中にあった。身の自由がきかない。

舟は流される。

簀巻の〝積荷〟は舟から離れ、流れに乗っていることだろう。

近くで水しぶきが上がる。水面に落ちた櫓漕ぎだ。

淡い月明かりに見える水しぶきにお甲は脛(すね)まで流れに浸かり、二打、三打、手裏剣を打った。

水しぶきは熄み、流れの音ばかりとなった。

「兄イ」

左源太も水音を立て、流れの中に入ってきた。

「すまねえ」

「いや、おめえのせいじゃねえ。策が甘かった」

龍之助は言った。

水面で与太どもをすべて葬って倉石俊造の遺体を取り返し、

『賊との戦闘中に……』

と、松平屋敷にではない、加勢充次郎に引き渡す算段だったのだ。

昼間ならともかく、淡い月明かりに舟を幾艘出そうが、探索は不可能だ。

「したが、左源太、お甲。策はこのまま進めるぞ」

龍之助の言ったのへ、左源太とお甲の返事が淡い月明かりの中に聞こえたのは同時だった。

「鬼頭さま。慥と見させていただきやした」

どこに身を潜めていたか、伊三次と又左が川原に砂利を踏む音を立てた。

「次郎左と一光堂の処理は一ノ矢に任すぜ。弥五郎が見届け人だ。俺からも逐一ようすを知らせるから、おめえらも俺へのつなぎを怠るんじゃねえぞ」

「へいっ」

「承知」

さらに、

「左源太！　甲州屋と松平屋敷に走れ。奥座敷へ今宵のうちに」

「がってん」

「お甲！　紅亭の老爺（おやじ）を叩き起こし、奥の部屋を準備しておけ。茶店のほうだ」

「あい」

川原から人の影は消え、せせらぎの音にふたたび虫の音が混じりはじめた。

龍之助は半身ずぶ濡れのまま、八丁堀に走った。

平野与力の組屋敷の門を叩いた。

平野は龍之助の打ち込み装束に驚き、

二

「分かった。あす暗いうちに出仕し、お奉行に報告しよう。松平さまの手の者が役務に殉じたと、な。捕方も同時に出そう」

「はっ」

平野与力は龍之助とおなじく無頼の一時期を持ち、考えも柔軟だった。奉行所内で唯一、龍之助が伝法な町言葉で話せる相手だ。

寝入り端(ばな)に雨戸を叩かれ、甲州屋も驚いたことだろう。店場に火を灯し、奥の座敷もすぐ用意が整えられた。

さらに左源太は幸橋御門に走った。

城門は閉ざされている。

耳門(くぐりもん)を叩き、

「松平さまのお屋敷へ、火急の用にございます」

すぐに開いた。

定信が老中首座に就いて以来、外濠(そとぼり)の幸橋御門とその東手の山下御門は、まるで松平家の屋敷門のようになっている。日の入りの暮れ六ツを過ぎてからも、松平屋敷の足軽衆や横目付たちが出入りするようになり、新たな御掟法(ごじょうほう)が出るたびにそれは頻繁となり、屋敷外の者でも〝松平さまへ火急の〟と告げるだけで、門番が屋敷へ走って取り次いでくれるようになっていた。

「足軽大番頭の加勢充次郎さまへ、北町奉行所同心より火急の」

左源太は告げた。加勢にとって、それはまさしく〝火急の用〟であった。中間部屋でも岩太が叩き起こされた。

増上寺本門前一丁目の花霞では、

「ほぉう、さすがは鹿島新當流の免許皆伝」

「室井道場のころから、この街道筋一帯で鳴らしておいでだったからなあ」

「それに左源太さんの投げ技もさりながら、お甲姐さんの手裏剣、噂には聞いておりやしたが、あの暗さのなかで揺れる相手につぎつぎ命中とは、魂消やした」

又左と伊三次が部屋に戻り、ひとしきり川原談義となったが、感心ばかりはしておられない。

「で、川に落ちた櫓漕ぎはどうなったか分からねえのだな」

「お甲姐さんの手裏剣で、バシャバシャという水音がしなくなりやしたから。もっとも、流されて聞こえなくなったのかもしれやせんが」

又左の歯切れの悪いのは仕方がない。龍之助のように斬ったのなら、手応えを聞けばおよその見当はつくが、手裏剣ではそこが曖昧だ。

「ですが、場所が河口のすぐ近くでやしたから、もがいて岸辺にたどりつくことはできやせん。すぐ海で沖合に流され、それにひっくり返った舟からも離れておりやしたから……」

「そのまま溺れ死んだか」

伊三次が言ったのを大松の弥五郎が受け、又左はうなずいていた。

「よし、それで話を進めるぞ。大松の、鬼頭の旦那へそう伝えてくだせえ。又左、行くぞ」

「へい」

一ノ矢は立ち上がり、又左がつづいた。次郎左の住処である。二人そろってではない。又左が立ち上がったのは、不測の事態に備え、若い衆を待機させるためだ。中門前一丁目には提灯で足元を照らす若い衆と、もう一人使番の者が随った。

「一ノ矢の兄弟には、大博打になるなあ」

「そのようで。さっそく鬼頭の旦那にもこのことを」

部屋に残った弥五郎と伊三次は話していた。

そろそろ町の飲み屋がお開きになろうかという、夜四ツ（およそ午後十時）に近い時分になっている。

次郎左の住処は眠ってはいなかった。当然であろう。首尾が心配なのか、一光堂の橋次も来ていた。知らせを待っているのだ。顔が蒼ざめている。

「おう、一光堂も来ていたかい。こいつはちょうどよかったぜ」

と、そこへ乗り込んだのが一ノ矢の貸元だったものだから、二人は驚くとともに緊張の態となった。

「なんの用でえ」

と、次郎左はいま一ノ矢と対座し、一光堂の橋次もその場にこわばった身を置いている。

「なんの用とは恐れ入るぜ。ここ数日、おめえらの動きを全部見張らせてもらった。とくにきょうの夕方からはなあ」

「げえっ」

二人は思わず身を引き、顔を見合わせた。

一ノ矢は追い打ちをかけた。

「おめえんとこの佐久次は、もう帰って来ねえぜ。お殺りなすったのはほれ、おめえらも知っている北町奉行所の……」

「ううっ」

「………」

次郎左はうめき、橋次はすでに声もなく、口から泡を吹きそうな顔になっていた。

一ノ矢が話す川原の状況に、

「ま、まるで、見てきたようなことを言うじゃねえか」

次郎左は悪態をついたものの、

「おめえらが殺して簀巻にしたのは誰だと思ってやがる。すでに奉行所を通じて松平屋敷に話が行っていると思え」

「うううっ」

うめく次郎左と茫然自失の橋次に、一ノ矢はさらにかぶせた。

「あした夜明けに打ち込んでくるのは、奉行所の捕方か松平の侍衆か。こいつあ見物だぜ。どっちにしろ、おめえら理由はどうあれ、松平の侍を殺しやがった。磔刑のうえ獄門（さらし首）は間違えねえなあ」

「うぅうぅうぅ」

「そそそ、それはっ」

二人とも根は臆病なのか、もう口をきくこともできない。

一ノ矢は放った。

「助かる方法は一つあるぜ。といっても、命だけだがな」

「えっ」

「ううっ」

二人は空（くう）に泳がせていた視線を一ノ矢に向けた。

なぜ露顕（ばれ）ていたか、それをどうして一ノ矢が知っているのか、もはや詮索しても始まらないことを二人とも料簡せざるを得ない。最初からうまく行きすぎたから、つい安易に考えてしまったか。迂闊（うかつ）さを後悔してももう遅い。松平家の家臣を闇討ち同然に殺してしまい、しかもそれがおもてになってしまっているのだ。

「一ノ矢の！」

「お、親分さんっ」

次郎左はすがるように膝を前にすり出し、橋次もようやく声を出し、一ノ矢ににじり寄った。部屋には三人だけで、手下のいないのはさいわいだった。

そのような二人を一ノ矢が、

『おめえら、なんて馬鹿なことをしやがった』

と、なじることはなかった。

事態はすでに、その段階を超えてしまっているのだ。

宇田川町の甲州屋の雨戸が一枚だけ開き、そこから灯りが洩れている。

加勢充次郎はすでに来ていた。

幸橋御門の門番から町奉行所同心の手の者が来たと告げられたとき、夜という時間から加勢はそれが左源太と分かり、胸騒ぎを覚えた。倉石俊造の件に違いない。きょう行先も告げず夕刻に出たまま、まだ帰っていないのだ。龍之助から聞かされた一光堂の件がおもてになれば、たかが枕絵ごときものではすまされない。それこそお家の大事どころか、柳営のご政道そのものが揺らぎかねないのだ。

岩太を通して用件を聞くのではなく、寝巻のまま直接左源太に会い、しかも周囲をはばかり、秘かに話を聞いた。果たして内容は愕然となるものだった。

左源太を先に帰し、すぐさま羽織・袴をつけ、岩太をともない裏手の勝手門からそっと出た。

あるじの右左次郎が玄関で出迎えた。龍之助はまだで、左源太だけが別間で待っていた。別間で今宵は岩太が屋敷のようすを話すのではなく、左源太のほうが話す番だった。あの倉石俊造が殺された……岩太は仰天した。しかし、岩太の口からそれらが屋敷に洩れることはない。そこが、岩太が倉石から信頼されている点であり、知り得たことを岩太が話すのは左源太のみである。会うのはいつも屋敷を離れた甲州屋の一室で、茶菓子に膳まで出るのだから、ついつい話し込んでしまうのだろう。きょうは聞き役である。

いま左源太が岩太に話していることを、すでに加勢は屋敷で左源太から聞いている。お家の大事には違いない。そこにまた、感情として……自分の配下の者が町の与太に殺され、簀巻にされ江戸湾に沈められようとしていた。結果も、そうなった。

淡い行灯の灯りのなかで、

「うううっ」

倉石の不忠と町の与太に殺されたことへの怒りが混じり、自分でも説明のつかない憤怒の情が込み上げてくる。

廊下に足音が聞こえ、手燭を手に案内しているのはあるじの右左次郎だ。

廊下の障子が開いた。

「これはっ、やはりっ」

と、迎えた加勢は思わず洩らした。左源太の言ったとおり、龍之助は腰から下がまだ湿った、打ち込み装束のままだった。左源太もそうなのだ。

「聞きましたぞ。で、奉行所にはどのように！」

　加勢は右左次郎が退散するなり一膝にじり出た。

「申しわけござらぬ。せめて遺体だけはと思ったのですが」

「いや。暗く、しかも川の流れのなかであったとか。仕方ござらぬ。で、奉行所にはいかように」

　加勢がそこに問いを集中するのは当然であろう。それを聞きたくて、急ぎ寝巻を着替え出てきたのだ。

「奉行所にはまだ」

　龍之助は応えた。

「ほう」

「したが、与力には報告しました。あす未明には奉行の曲淵(まがりぶち)甲斐守(かいのかみ)さまに」

「うっ」

「真相はすでに左源太よりお聞き及びのことと思いますが」

「まっこと、面目もござらぬ」

　加勢は出した膝をいくらか引いた。

「与力への報告は、倉石どのが御掟破りの数人を追跡し、それら不逞の者どもが新堀川より舟で逃走しようとしたのを、多勢に無勢をも顧みられず舟に飛び移られ、夜の微行中であったそれがしが騒ぎに気づき駈けつけましたるところ、倉石どのは手傷を負いながら賊をすべて討ち取られたようすなれど、舟は艀のごとく小型にて転覆いたし、岸辺を探したなれど、夜のことにて見出すこと能わず……と」

「鬼頭どの！　鬼頭どのっ。ありがたき、ありがたきご報告っ」

加勢は一膝飛び下がり、畳に両手をついた。

奉行所同心の証言であれば間違いはない。倉石俊造は役務に殉じたのだ。

「さあ、加勢どの。お手をお上げくだされ」

「うむ」

加勢は身を起こし、ふたたび前ににじり出た。

「あす早朝、奉行所より人数が出て新堀川の河口付近から近くの海岸の探索はもとより、沖合にも舟を出しまする。一体か二体、土左衛門が見つかるかもしれませぬが、倉石どのはおそらく沈んだまま沖合に流され、浮いてくることはありますまい」

「…………」

簀巻にして海に投げ込む場合、重りに石を一緒に入れておくはずだ。龍之助も加勢もそれを想像した。だが、二人とも口に出すことはなかった。

（あまりにも倉石が憐れ）

なのだ。

「加勢どの、あとはお任せあれ。土左衛門の探索が奉行所なれば、倉石どのが成敗いたした者どもの面体を割り出すのはそれがしでござる。どうにでもできます」

「ふむ」

二人の声を落とした鳩首は、このあと小半刻（およそ三十分）もつづいたろうか。

「このあと、連絡を密にせねばなりませぬ。詰所を神明町の茶店の紅亭に置くゆえ、岩太どんをそこへ詰めさせてください。なあに、一両日中に埒を明けてみせますよ」

「くれぐれもよろしゅうお頼みもうす」

加勢はふたたび両手を畳についた。

話の終わったころ、仲居姿に戻ったお甲が、龍之助と左源太の着替えを甲州屋に持って来た。ようやく龍之助と左源太は乾いた着物と半纏に袖を通し、ホッと一息つくことができた。

だが、事件は終わったわけではない。舞台が第一幕から、第二幕に移ったに過ぎない。増上寺門前町ではすでに第二幕が動いているはずだ。

加勢充次郎は一人で帰ったが、甲州屋の手代が松平家の星梅鉢の家紋が描かれた提灯で足元を照らし、幸橋御門まで送った。来るとき、岩太が手にしていた提灯だ。加勢は今宵、おそらく眠れないだろう。表情は緊張と心の苦痛に引きつっていた。

岩太は、

「一両日じゃなく、十日くらいでもいいんだがなあ」

左源太と話しながら、甲州屋の提灯を手に夜の道を茶店の紅亭に向かった。その前を行く提灯はお甲だ。龍之助と肩をならべている。

「龍之助さまア。詰所は茶店でも、お休みは割烹のわたしの部屋にしてくださいましよ」

「ふむ。そうするか」

「わぁ、嬉しい」

いま夜道を歩いているときが、ほんの幕間のひとときだった。

三

伊三次が来て待っていた。

詰所になった茶店・紅亭の奥の部屋だ。

茶汲み女はいずれも通いで、近辺から長屋のおかみさんや娘たちが時間切りで来ているので、この時刻は住込みの老爺だけである。

「ごめんなさいねえ、こんな夜中に」

と、お甲は茶店・紅亭に入るとすぐ厨房に入った。といってもお茶を沸かすだけだが、大松の若い衆がつなぎでつぎつぎと出入りしているため、老爺一人では賄いきれない。

部屋には伊三次に龍之助、左源太とお茶を運んできたお甲がそろった。

「で、増上寺のほうはどうだい。一ノ矢はうまく進めているかい」

「さすがは一ノ矢の親分で、又左どんが中門前に出張って差配をとっておりやす。いまのところ目立ったものはありやせんが、大松も一ノ矢の親分も万が一に備え、若い連中を待機させておりやす」

万が一とは次郎左の若い衆たちが破れかぶれになり、騒いだときのことである。

それが〃いまのところ〃は、なさそうなようすだ。

「それじゃあっしはこれで。またつなぎにめえりやす」

湯飲みに一口つけただけで忙しそうに立とうとするのへ、

「おう、待ちねえ。あした夜明けと同時に新堀川の河口付近と沖合に、奉行所から人数が出て土左衛門の探索にあたるから」

「えっ。日の出と同時ですかい。そいつはまた手まわしがよござんすねえ」

伊三次は言いながら腰を据えなおした。

「そりゃあ迅速にやらねばなあ。又左どんは現場かい。打ち合わせをしておきたいので、ちょいとここへ顔を出すよう言っておいてくんねえ」

「へい。かしこまりやした」

言いながら伊三次はふたたび腰を上げ、

「それじゃあ左源太どんもお甲さんもご苦労さんで。で、それにそちらの中間さんは確か……」

「そう、松平屋敷の人だ。向こうさんへのつなぎも、こちらが決まり次第、即座にしなきゃならねえからなあ」

「ごもっともで」

「伊三兄イも大変だなあ」

「おう」

伊三次は左源太の声を背に、〝大松〟の文字入りのぶら提灯を手に外へ出た。

岩太は左源太の話などから、龍之助が裏の連中と対立するのではなく、逆にうまく

つき合っているのを知っているが、

「まるで鬼頭さまの手の内のようですねえ」

「それは違いますよ。持ちつ持たれつといったところです」

ふと言ったのへ、お甲が補足するように言い、左源太もうなずいていた。


又左が若い衆を一人ともない、茶店の紅亭に顔を見せたのは、

「龍之助さまア。仮眠なら割烹のほうで」

「いや、ここで」

お甲が言ったのへ龍之助が返し、その場にごろりと横になってからすぐだった。お甲はいささか頬をふくらませ、一人で暗闇の通りを割烹の紅亭に引き揚げていた。この神明町でお甲を襲う者などいないが、もしいたならその者こそ不運で顔面を蹴られたうえ、飛び下がっては手裏剣の一本も打ち込まれるだろう。

それはともかく、廊下の板戸が開き、

「これはこれは、お休みでござんしたか」

「おぉう、待っていたぞ」

と、又左の声に龍之助は跳ね起き、左源太と岩太もそれにつづいた。午の刻（午前

零時）に近い時分になっていた。

　老爺は隣の部屋で寝ており、岩太がお茶の用意に立った。

「あの中間さんですかい。伊三次の兄弟（きょうでえ）が言ってた、松平のつなぎってのは」

「そういうことだ。それで進み具合は」

「へい。次郎左の貸元も橋次の小商人も、まったく意気地のねえ野郎でして。いまさらながらに、大それたことをじゃねえ、軽はずみなことをしてしまったと震え上がっちまいやして」

「そのとおりだ。まったくあと先も考えねえ、許せぬ所業だ」

　龍之助は吐き捨てるように言い、

「で、承知したか」

「そりゃあやつら、否応（いやおう）もありやせんや。二人とも蒼くなってガタガタ震えだし、是非そうしてくれと、逆に頼み込むありさまでやした」

「へん。やつら恥も外聞もなく、命だけは助かりてえってわけかい。ざまあねえや」

「えっ。どういうことですかね」

　左源太が口をはさんだのへ、岩太がわけが分からぬといった表情で問いを入れた。

岩太にすれば、倉石が殺されたのは左源太から聞いて知っており、その処理の進められているのは理解できても、どう進められようとしているのかは聞かされていない。

「つまりだ、あの二人を……」

「左源太！」

左源太が言いかけたのを龍之助は強い口調で制し、

「岩太にはなあ、加勢どのへの火急の使番としてここへ詰めてもらっているのだ」

たしなめるように言い、

「それで、いつごろになる」

ふたたび又左に問いを向けた。

「そこなんでさあ。いまやつらは本門前の花霞にかくまっており、中門前一丁目の掃除も揉めることなく、一応の目途はつきやした。ですが、さっき伊三次の兄弟から聞いたのでやすが、あした日の出とともにお奉行所の手が入るとか」

「そうだ。土左衛門の探索でなあ。俺も差配役に加わる。金杉橋より上流には捕方を入れねえ。だがな、ともかく若い者が捕方と諍いを起こさぬよう、おめえも気をつけていてくれ」

「それはもう。お役人の出張るのが金杉橋より下流なら、門前町は問題ありやせん。それよりも次郎左と橋次の件でさあ。すぐ近くに捕方が出張っているときに動かすのは危のうございまさあ」

「もっともだ。一ノ矢はなんと言っている」

「へえ。動かすならいま」

「えっ」

危ないと言いながら早い動きに龍之助は驚いたが、又左はつづけた。

「ですが、もし失策(しくじ)ったらなにもかもぶち壊しになっちまいまさあ」

「そう。そういうことになる」

「ですから、あした昼ごろまで策のでき具合をみて、それから決めたほうがいいんじゃねえか、と」

「ふむ。さすがは一ノ矢だ。それが一番確実だ。で、あの二人は大丈夫だろうなあ」

龍之助と又左のやりとりに、中間姿の岩太は表情にますます怪訝の色を深め、左源太もさっき龍之助にたしなめられたのが効いたか、口を入れることはなかった。

「そりゃあもちろん」

又左は龍之助に返し、

「一ノ矢(うち)の親分がそう言っておりやすので、そこんとこは抜かりありやせん」

「そこはあっしも信じやすぜ」

つい左源太は口を入れ、

「あっ」

と、また口を閉じた。

龍之助はその左源太の言葉へつづけるように、

「よし。俺も信じるぞ。いつにするかの匙(さじ)加減は一ノ矢に任せる。さっそく花霞へそう伝えろ」

「へい」

又左は腰を上げ、入れ込みの板の間に待たせてあった若い衆とともに茶店の紅亭を出た。外はもう寺社門前の色街も灯りが消え、静まり返っている。

龍之助は又左の背を頼もしそうに見送り、

「ふーっ」

大きく息をついた。

部屋はまた龍之助と左源太と岩太の三人になった。

「あのう、ながれがいまいち分かりませぬが」

「それでよい。いまに分かる、いまにな」

「そう、いまに」

岩太がぼそりと言ったのへ龍之助は返し、左源太がつないだ。

三人はまたごろりと横になった。あとは夜明けを待つばかりである。

四

「旦那、外はもう明るうなりましたじゃ」

廊下側の板戸の向こうから、老爺の声が入ってきた。いくらか間延びして聞こえるのは、龍之助たちが眠いというより、老爺も昨夜は日が変わる午の刻ごろまで眠れなかったからだろう。

「おおう」

龍之助は上体を起こし、櫺子窓（れんじまど）を開けた。日の出はまだだが、外の明るさが部屋の中に射し込んでくる。

「もう朝ですかい」

と、老爺の声では起きなかった左源太と岩太も目を覚ました。

日の出近くなり、朝の時間切りで茶汲み女をしている町内の娘が、

「あらあ！　鬼頭さまに左源太さん、それにどこかのお中間さん？」

いつもなら自分の仕事である縁台がすでに出され、龍之助たちが座ってお茶を飲んでいるのに目を丸くした。

「あぁ、ちょいと御用の筋でなあ」

「えぇえ！　どこも別に変ったところ、ありませんけど」

日の出のすこし前から街道には朝靄のなかに、旅装束の者やそれの見送り人などの姿がちらほらと見えはじめる。さっきもそれらしい四、五人連れが、この時分に奉行所の同心が縁台に座っているのを怪訝そうに見ながら、品川方向の南へ通り過ぎて行った。両脇に座っているのは、岡っ引らしからぬ腰切半纏の職人風と紺看板に梵天帯の中間であり、朝靄に緊迫した雰囲気はなにもないのだ。

茶汲み女も龍之助たちの前に立ったまま左右に目をやり、

「御用って、どこかに泥棒でも入ったんですか」

と、不思議そうな顔になった。

茶汲み女は浜松町四丁目の金杉橋にかなり近い、浜松町三丁目の路地裏長屋の住人だが、昨夜の川原の騒ぎは川原だけで収まり、まわりの町々にはまったく気づかれていないようだ。

それを示す若い茶汲み女に、

（うまく策が組めそうだ）

龍之助は感じ取った。

「おーい、来たか。早う入って来い。奥の部屋のかたづけがあるぞ」

「はーい」

老爺の声に茶汲み女が奥に声を投げたのと同時だった。

「おぉう、兄イ！　来やしたぜ」

左源太が立ち上がり、街道に飛び出した。

「おうっ」

龍之助も岩太もつづいた。岩太は昨夜、川原で死者の出る捕物があったことは聞かされているが、詳しいことは知らない。これからの策のため、左源太もまだ話すわけにはいかないのだ。

「えぇ！　なに、なに、なに」

若い茶汲み女は中へ入ろうとした足をとめ、街道に背伸びし驚愕の声を上げた。

龍之助も驚いた。

先頭の騎馬で陣笠をかぶっているのは平野与力ではないか。そのすぐうしろに同輩の同心が二人、朱房の十手をかざして走り、その背後に手甲脚絆に鉢巻たすき掛けで六尺棒を小脇にかかえた捕方が三十人ほどもつながっている。

大げさ過ぎる。まるでこれからいずれかへ打ち込む態勢ではないか。

が、すぐにその理由（わけ）を解した。

昨夜、半身ずぶ濡れのまま八丁堀に帰り、平野与力に事の次第を報告したとき、龍之助は〝松平さまの手の者が……〟と告げたのだ。

おろそかには扱えない。奉行所としては派手に動いていることを、老中首座の松平定信に見せておかねばならない。この打ち込みのものものしい陣立ては、平野与力の発想というよりも、奉行の曲淵甲斐守の、

（下知（げじ）であろう）

内心、笑みが込み上げてきた。

「平野さまっ。ご案内つかまつりますうっ」

「おぉう、頼むぞ」

二人とも朝靄を突く大音声（だいおんじょう）だ。

「おう、鬼頭さん！　新堀川と聞きましたが！」

「そうです。すぐそこです」

同輩の言ったのへ龍之助は返し、

「左源太、岩太、つづけ」

「がってん」

「はあ」

と、岩太はますますわけが分からぬといった顔つきになった。

大捕物仕立ての一行は、茶店・紅亭の前でいくらか歩をゆるめただけで、ふたたび南方向へ走りだした。

「なんなの、これ⁉ ねえ、どこでなにがあったんですか」

「わしも分からん」

出てきた老爺に茶汲み女は訊いたが応えは頼りない。ただ二人とも、朝靄に土ぼこりが舞うのを茫然と見つめるばかりだった。

昨夜のようすは知られていない……龍之助にとって、向後の策が描きやすいことを意味している。

「ここでした。きのう」

「よし。二手に別れ、両岸をくまなく探索せよ」

ちょうど太陽が昇ったところだ。

「なんだ、なんだ。なにがあったんだ！」

「川原で土左衛門を探しているのかい。こんなに大勢で」

六尺棒を持った捕方が一斉に水際に踏み入り、付近の住人たちが大勢土手道に出てきた。金杉橋にも野次馬がすずなりになっている。

「找せ、一体でも見つけよ」

馬上から対岸にまで聞こえる声で平野は激励の声を投げ、馬から下りた。

太陽が水平線から離れるにしたがい、両岸の野次馬の数も増え、

「こんなに大勢で、なにをお探しで？」

捕方に訊く者もいた。

平野と龍之助は河口の海岸に出た。左源太と岩太が随っている。

沖にも探索の舟が出ている。

この大探索網は岩太を通じて加勢充次郎に報告され、加勢は定信の下問に、

『北町奉行所は大人数をくり出し……』

応えることになるだろう。

「あのう、これはいったい？」

と、浜松町四丁目と芝湊町の町役たちも心配顔で出てきた。町役たちは、町の自身番が詰所になったときの費消を心配しているのだ。

平野与力は砂浜の他人のいないほうへ龍之助の肩を押し、

「おまえのことだ。いかなる留書にするか、すでに決めているのだろうな」

「はい。松平屋敷のお人は役務に殉じ、なにを探索していたかの手証もそろえます」

内々のひそひそ話だ。

「せめて土左衛門が一体でも上がれば、これから書く御留書の信憑性も、確たるものになるのですが」

「うむ」

平野与力がうなずき、

「水際も草叢も川底も、くまなく找すのだーっ」

再度命じたときだった。

「おっ、あったぞ。土左衛門っ」

声が上がった。河口付近の捕方からだ。

平野与力も龍之助も、左源太らも町役たちも走った。

川の流れが海に出る箇所に打たれている杭に引っかかっていた。

「きゃーっ」

「この町の者かっ」

野次馬から声が上がり、町役たちはまっさきに訊いた。

川の水と海水の混じり合う岸辺に引き上げられた。

「左源太っ、ここへ一ノ矢を呼べっ」

「がってん」

左源太は人垣をくぐり抜けた。龍之助はすでに、斬り口から土左衛門が佐久次であることに気づいている。

（よし）

内心、込み上げるものがあった。

戸板が用意され、捕方たちが野次馬を押しのけ死体を芝湊町の自身番に運んでからすぐだった。

左源太と一緒に一ノ矢の貸元が芝湊町の自身番に駈け込んだ。

「おう、一ノ矢。このホトケの面通しをしろ」

「おーっ」

龍之助の大きな声に、自身番のおもてを埋めた野次馬たちから声が上がった。浜松町や芝湊町の住人も、一ノ矢の顔は知らなくても名は知っている。

一ノ矢は中に入り、しゃがみ込むなり、

「おっ、旦那。こいつ、中門前一丁目の代貸で、佐久次って野郎ですぜ」

「おぉぉぉぉ」

おもてからまた声が上がった。町の者は、この捕方の陣容の背景を覚ったようだ。自身番の中では龍之助が、昨夜〝倉石俊造に成敗された〟者たちの、提灯の灯りにちらと浮かんだ風体を話した。

一ノ矢はまた言った。

「そりゃあ中門前一丁目の貸元の次郎左に、そこの絵草子屋で一光堂の橋次たちに違えありやせん」

声は外まで聞こえている。

さらに増えている野次馬たちから、こんどはどよめきが起こった。互いにひそひそ声で話し、それはしばらく止まなかった。中では、浜松町と芝湊町の町役たちが慥と聞いている。

一ノ矢はさらに言った。

「野郎たち、やはり御掟に背いた商いをしていやがったか。旦那、心当たりがありまさあ。一緒に中門前へ来てくだせえ。いいものをお見せできると思いやす。以前から心当たりがあったのでさあ」

る。
「ふむ」
平野与力はうなずいた。それに平野は、寺社の門前町に入るときの用心を心得てい

平野は同心や捕方たちにではなく、浜松町と芝湊町の町役たちに、土左衛門を増上寺中門前一丁目の自身番に移すよう命じ、左源太が野次馬たちを押しのけ、龍之助と一ノ矢とともに中門前一丁目に向かった。随っているのは職人姿の左源太と中間姿の岩太のみである。捕方も打ち込み装束の同心も引き連れていない。死体を中門前に運ぶのも捕方ではない。芝湊町の町役とその住人たちなのだ。

町役たちはホッとした。死体を抱えたまま詰所になるのを免れたのだ。

その安堵のなかに、噂が住人たちからながれはじめた。中門前一丁目の代貸が土左衛門になったことばかりでなく、貸元の次郎左と怪しげな一光堂の橋次も、

「土左衛門となって沖へ流された」

そのものものしい探索が、住人たちの目の前でおこなわれたのだ。

噂はまたたくまに街道を越え、地元の増上寺門前町にもながれ込むだろう。

〝その土左衛門〟になった次郎左と橋次は、いま一ノ矢の手で本門前一丁目の花霞の奥にかくまわれている。

五

中門前一丁目に、龍之助たちの一行は入った。

異様な雰囲気だ。きのう舟で新堀川を下った代貸の佐久次たちは戻って来ないし、夜のうちに親分の次郎左も姿が見えなくなってしまった。配下の若い衆たちはどうしていいか分からない。そこへ本門前一丁目の代貸の又左が来て、

「――松平の侍を殺りやがって、おめえら根こそぎ打ち首になりたくなかったなら、この土地をすぐ離れろ。追い打ちはかけねえ」

と、温情とも取れる脅しをかけていたのだ。

町角には一ノ矢の若い衆らが公然と立ち、不測の事態に備えている。中門前一丁目は、すでに一ノ矢が仕切っている。

そのなかを、

「へい。ここでござんす」

と、一ノ矢が案内したのは一光堂だった。

腰高障子を蹴破って中に入った。家捜しするまでもなかった。店場は空だったが奥

の押し入れから、かなりの量の危ない絵草子や一枚絵が出てきた。ご停止のお触れが出て以来、一度にこれほどの量が出たのは例がなく、そこに龍之助は、

（柳堂め、相当悔しい思いをしたことだろうなあ）

思ったものだった。

「なるほど松平さまの隠密足軽は、これを追っていたということか」

「そうなりますな」

平野与力が言ったのへ、龍之助は応えていた。

ここにきて、ようやく岩太は事態のおよそのながれを感じ取ったか、

「鬼頭さま。倉石俊造さまは、これのために……」

蒼ざめた顔で龍之助へ質すように言った。低く、周囲には聞こえないほどの声だった。龍之助も低声で、

「詮索は無用。おまえは見たことだけを、加勢どのに報告するのだ。このながれ、加勢どのはすべてご存じゆえなあ」

「は、はい」

返した岩太の表情は、疑念の色をさらに深めていた。この先、どう展開しようとしているのか、そこを岩太は聞かされていないのだ。

出てきた品は荒縄で数束にまとめられ、佐久次の死体を運んできた芝湊町の大八車で一光堂から運び出された。

金杉橋の北詰の広場で、同心二人の差配する捕方に大八車ごと引き渡され、一行が現場の町を離れたのは、陽がそろそろ中天にかかる時分だった。

龍之助は、

「門前町の後始末がありますゆえ」

と、現場に残った。

平野与力は馬に乗るとき、

「どうも脈絡ができすぎているような気がするが、ともかく留書はおまえに任す。うまく書いておけ」

龍之助に言っていた。

二人の同輩の同心たちも龍之助に言ったものだった。

「これだけもの戦利品、押さえたのがあなたではなく、松平の隠密だったなら、鬼頭さん大変なことになっていましたなあ」

「それを思えば、足が震えますよ」

龍之助は返していた。

北町奉行所は、ともかく体裁を繕うことはできた。同時に、龍之助が加勢充次郎から依頼された〝松平家の体面を保つ〟ことも達成されたことになる。その真相を知るのは、松平家の加勢充次郎に龍之助とその周辺のきわめて限られた者のみである。

芝湊町と浜松町四丁目から、噂がどっと増上寺の門前町にながれ込んだのは、平野与力が差配する一群が来た道を返し、茶店・紅亭の前を通り過ぎたころだった。

あの若い茶汲み女が、おなじ一群が行ったときには牽いていなかった大八車が車輪の音を立てているのに、盆を手にしたまままた首をかしげていた。

中門前一丁目のようすは一変した。

これまで去就に迷っていた次郎左の配下たちは、代貸の死体を見せつけられ、

「親分もどこかで、松平のお侍と相討ちになったというぞ」

そうした噂までながれたのではもういけない。

「掃除は、あらかたできやした」

又左は一ノ矢に報告していた。

あしたあたり一ノ矢の一家が、次郎左と佐久次の葬儀を出すとあっては、向後の中門前一丁目の仕切りをめぐって、周囲の貸元衆が争いになることもなくなるだろう。

そのためにも大松の弥五郎が、見届け人として本門前一丁目に入っているのだ。

ていた。

一方、龍之助には平野与力へ〝後始末が〟と言ったように、まだ大事な仕事が残っていた。

遅ればせながら、龍之助は本門前一丁目の花霞で昼の膳をとっていた。三つ鼎に膳をならべているのは、一ノ矢と見届け人の大松の弥五郎だった。左源太と岩太は又左や伊三次らと別の部屋で膳を囲んでいる。なにもかも岩太に見せるわけにはいかないのだ。

「町のおめえさんらが合力したことは、奉行所の御留書に慥と記しておくぜ。実際そうだったのだからなあ。この件で奉行所はもちろん、松平の屋敷もこの町へ目をつけることはあるめえ」

「へえ。それはありがたいことで」

「鬼頭さまと一ノ矢の兄弟の鮮やかなお手並み、慥と拝見させてもらいやした」

一ノ矢が礼を述べたのへ、弥五郎はねぎらいの言葉をつないだ。

「で、次郎左と橋次はどうしている」

「さっき、おめえら二人、すでに死んだことになっているからってえ話しやすと、二人とも安心したのか、ホッとした顔になりやがって、恩に着ますなどと真剣な表情で言っておりやした」

「ほう。そう思ってくれればやりやすい。あはは」

「ふふふ」

龍之助は笑い、弥五郎と一ノ矢も含み笑いを洩らした。

だが三人とも、目は嗤っていなかった。逆に悼むような、真剣な眼差しだった。

「で……」

龍之助が一ノ矢へさらに真剣な目を向け、一ノ矢は応えた。

「今宵、日の入りの暮れ六ツの鐘を合図に……。今夜は品川宿で一夜を過ごし、あしたの朝早くに江戸を離れろ、と。死んだ人間が、二度と江戸に舞い戻るな……と」

「死んだ人間……か」

弥五郎がぽつりと言った。

龍之助も一ノ矢も、無言のうなずきを返していた。

このあとすぐだった。

岩太が龍之助に呼ばれ、

「さあ、これがおまえの一番大事な、かつ火急の用だ」

「へい。さように加勢さまに伝えればよろしいのですね」

と、わけの分からないまま〝暮れ六ツ〟の時刻を復唱し、幸橋御門内の松平屋敷に駈け戻った。この連絡のために、岩太は龍之助についていたのだ。

六

あとは、太陽が東の空にかたむくのを待つばかりだった。

日の入りの暮れ六ツまで、あと半刻（およそ一時間）はあろうか。茶店の紅亭の詰所はまだ引き払っていない。龍之助に左源太、お甲が顔をそろえていた。左源太はいつもの職人姿だが、お甲はふたたび筒袖に絞り袴の軽業装束で来ていた。

「念のためだ。おめえら、得物は忘れていねえだろうなあ」

「忘れるものですか。草鞋（わらじ）も持って来ていますよう」

「へへ、使ってみてえなあ。きのうは鉤縄だったからなあ」

龍之助が念を押すように言ったのへ、お甲は手裏剣を内側に秘めた帯を叩き、左源太は分銅縄を入れた腹掛の口袋を半纏の上から押さえた。

「あのお、お客さまですが」

朝とは異なる年増の茶汲み女が板戸越しに声を入れた。すぐ近くのおかみさんだ。

あの若い娘は午過ぎに帰ったが、浜松町の長屋で噂を聞き、

「――ああ、あれが」

と、目の前を二度も走り去った捕方の一群に納得したことだろう。

年増の茶汲み女に案内され、

「ほぉう、さすがは鬼頭どの。かような詰所を持っておいでだったか」

と、部屋に入ってきたのは加勢充次郎だった。

お甲は崩していた足を端座に組み替え、軽く辞儀をした。

加勢は軽業衣装の女をみょうに感じたか、視線を向けたまま座についた。

「引き合わせはせぬが、それがしの手の者で、今宵の策に必要でしてな。で、岩太は」

「ふむ」

加勢は得心のうなずきを返し、

「おもてに入れ込みの板の間がござろう。そこに待たせておる」

「おまえたち二人、岩太と一緒におれ」

「へい」

部屋の中は龍之助と加勢の二人となった。

「なんとも鬼頭どの、かたじけない。これ、このとおりじゃ」

加勢は頭を下げた。

「なあに加勢どの。これはそれがしにも意地でござるよ。頭をお上げくだされ」

と、二人は鳩首の打ち合わせに入った。

段取りはできている。すぐに終わった。

「さあ、いよいよだ」

板戸を開けた龍之助の声に、それぞれが草履や雪駄ではなく、草鞋の紐をきつく結んだ。龍之助と加勢は、羽織を部屋に脱ぎ捨て、代わりにたすきの紐をふところに忍ばせている。左源太は折りたたんだ弓張の御用提灯を、お甲は花霞のぶら提灯をふところに押し込んだ。

「えぇぇ！」

と、戻るまで奥の部屋で留守居をするように言われた岩太は、不満そうに街道まで出て、南へ向かう一行を見送った。

「すまねえ、岩どん。ここの煎餅や団子、けっこう旨いんだぜ」

「老爺さん、おいしいのをお願いね」

左源太とお甲は慰めるように言っていた。

街道を行く人の影は極度に長くなり、日の入りの間近なことが分かる。人も馬も大八車も、街道では一日のうちで最も忙しなく動くころあいである。

それらの長い影が地面からふっと消えたのは。四人の足が芝を過ぎ田町に入ったころだった。日の入りだ。これからあたりは徐々に暗くなる。

本門前一丁目では日の入りと同時に打つ暮れ六ツの鐘が、すぐ身近に腹へ響きわたるように聞こえる。

花霞の裏の勝手口が開いた。出てきたのは代貸の又左だ。あたりを用心深く見て、つぎに出てきたのは手甲脚絆に道中合羽をつけた男が二人、路地に出るなり素早く菅笠をかぶった。死んだことになっている、次郎左に橋次だ。

次郎佐の一家も一光堂も、すでに霧消している。

形は旅姿だが道中差しも振り分け荷物も持っていないのが、すこし奇妙だ。

二人につづいてまた一人、一ノ矢の半纏を着込んだ若い衆だ。あたりに目をながしている。

一行はすぐに町場と増上寺の境になる往還に出た。この往還はけっこう広いが増上寺に遠慮してか昼間でも人通りは少なく、日の入り後は町場の飲食の店もこの往還には提灯を出していない。

それでも用心のため、町家の軒端を離れ増上寺の白壁に沿って歩を進めた。南へ進めば新堀川に出る。金杉橋の上流になる将監橋を渡れば武家地で、門前町とは別世界になる。

ときおり往来人を見かけたが、道中姿の二人が次郎左と橋次であることに気づく者はいない。その用心のために前に又左、うしろに若い衆が一人ついているのだ。

将監橋を渡った。

「さあ、もう知った者に出会うことはあるめえ。見送りはここまでだ。一ノ矢の親分も言ってなさったろう。おめえら二人とも、江戸所払いになったと思いねえ」

「へえ、いろいろとお世話になりやした」

「一ノ矢の親分さんによろしゅう」

二人はふかぶかと頭を下げ、武家地に入った。

白壁の往還は昼間でも人通りは少なく、日暮れになればなおさら人影は絶える。武家地をまっすぐ南に進めば、東海道の芝のあたりに出る。そこに出るころにはもう暗くなっているだろう。そのあと品川宿に入っても、江戸に近い遊興の地でもあり、他の宿場町と違ってまだ玄関に軒提灯を出している旅籠はあるはずだ。

武家地に歩を進めながら、

「くそーっ。おめえの話に乗ったばっかりに、元も子もなくなっちまったぜ」

「松平のあの足軽野郎を消せと、段取りまでつけなさったのは親分さんじゃござんせんか。それに、海へ沈めるのを失策りなさったのも……」

「うるせえ。それにしても、どうしてこんな展開になっちまったのでえ。むかっ腹が立つ。どこかの土地で、また一から出直しだ」

いずれ屋敷の遣いの帰りか、風呂敷包みを抱えた中間とすれ違った。

二人は自然、声を落とした。

「あっしもです。枕絵の一枚も持ち出せやせんでした。だけど、柳堂のことで一ノ矢の親分さんから半殺しにされるかと思っていやしたところ、増上寺の振り出した道中手形に当面の路銀と旅道具の振分け荷物も脇差も用意してくださるとか。ありがたいことですが、どうして田町を過ぎたところで渡す手配をしているなどと、そんなまどろっこしいことを」

「分からねえかい」

「へえ。ただ面倒なだけで。よもや誰も待っていないなど、わたしらを騙して無一文で放り出すなど、ないと思いやすが」

「ははは。きっと用意してやがるはずだ」

「やがる？」

「そうさ。俺たちが途中で、誰かに見咎められたときのことを用心してやがるのさ」

「え？」

「考えてもみろい。俺たちは死んだことになっているんだぜ。それが生きていて、一ノ矢の用意した旅道具一式を持っていてみろ。一ノ矢が世間を欺いたことになって、このあと親分風を吹かすのに差し障りが出らあ。だが田町を出りゃあ、もう江戸の外で安心だ。だから野郎め、田町を過ぎたところでなどと考えやがったのさ」

「なるほど、それでもありがたいことじゃござんせんか」

「なにがありがたい。これで俺の縄張はそっくり一ノ矢のものだぜ。それを考えりゃ二人分の路銀なんざ安いもんだ。どれだけ包んでいるのか知らねえがよ」

「なるほど。だったらさっき、又左に頭を下げることも礼を言う必要もなかったってことになりやすねえ。逆にこっちが感謝してもらいてえくらいで」

「おめえが言うことじゃねえぜ」

「へ、へえ」

話しているうちに街道に出た。さすがに東海道で、まだぶら提灯を持った人の影がちらほらと見え、飲食の店の軒提灯もところどころに見える。

橋次はふところから提灯を出し、道端の屋台で火を入れた。屋号は書かれていないが、朱で花模様が描かれていて、けっこう遠くからでも土地の者にはそれが花霞の提灯と分かる。

「へん。その提灯ならよ、このあたりに来りゃあ、もうどこの提灯か分からねえぜ」

「なるほど」

あとは、二人ともただ黙々と歩いた。

東海道は芝を南へ過ぎれば田町の町並みへとつづくが、このあたりまで来るとさすがに江戸の町も外れにあたり、提灯の灯りは橋次の持つ朱の花模様だけとなった。

田町の町並みの南端に高輪の大木戸がある。大木戸跡といったほうがいいか、通行改めをしていたのは昔のことで、往来人の多くなったいまは両脇に石垣が残り、手前のちょっとした広場が高札場になっているだけで、昼も夜も往来勝手である。

ここを抜けると、昼間なら突然左手の東方向に海がひらけ、潮騒が聞こえる。街道は品川宿まで海岸沿いに進み、町家は片方だけになって風の強い日など波しぶきをかぶることもある。旅の者はこの高輪の大木戸を抜けると、さあ江戸を出たという思いになり、逆に品川方面から来て石垣を入ると、ようやく江戸に着いた気分に浸ることになる。

「暗くて見えやせんが、その先あたりが大木戸でやしょうかねえ。海の音が聞こえ、風もなんだか塩気を含んできたような感じがしやすぜ」

「そうだなあ。一ノ矢の野郎、田町を過ぎたあたりなどとぬかしてやがったから、大木戸を出たあたりだろう」

　黙々と歩いていた二人が、ようやく口をきいた。

「こんな夜に無腰なんざ、どうも落ち着かねえ。早う脇差を腰に差したいぜ」

「もっともで。あっ、見えやした。あの黒い出っぱり、石垣ですぜ」

「おっ、ほんとだ。金も入ることだし、今宵は品川の飯盛(めしも)り女に添い寝でもしてもらおうかい」

「ふふふ。そうしやしょう」

　二人の足は速まった。

七

「もうそろそろ出てきてもいい時分ですぜ」

「そうね。もうそろそろ」

波の音に、低い声を這わせたのは左源太とお甲だった。

大木戸の石垣の陰だ。

「そうだな」

龍之助もうなずいた。

加勢充次郎は緊張しているのか、さっきから無言である。

二人はたすき掛けになっている。

ほかに影が二つ三つ……。

灯りは、お甲の持つ花霞の提灯一張だ。

「あっ、来やしたぜ。提灯一つに、えーと、人の影が二つ。間違えありやせん、やつらだ」

「待て、提灯の柄は」

「へえ」

左源太は石垣から身を乗り出し、

「確かに、紅い色が」

「よし、お甲」

「はい」

次郎左と橋次のあいだでも、おなじような会話が交わされていた。

「親分さん、ほれ。石垣と石垣のまん中に灯りが」

「むむ。色は……」

橋次が言ったのへ次郎左は歩を進めながら目を凝らし、

「間違えねえ。一ノ矢の言ったとおり、こっちとおんなじ花霞の提灯だ」

「おっ。提灯を持ってるの、女ですぜ」

「ほっ、こいつはいいや。一人のようだな。急げ」

「へえ」

提灯を振り、足を速めた。男数人が待っていたなら、警戒してその場でようすを窺ったことだろう。

お甲もおなじ朱の花模様の提灯を振って応え、

「もうし。中門前の親分さんに一光堂さんでござんすね。本門前の親分に頼まれて参りました」

お甲のほうから近づく二つの影に声をかけた。

「おぉう、そうかい、そうかい。嬉しいぜ、約束どおりでよう」

石垣を出たところでおなじ花模様の提灯二張をはさんで、三つの影が向かい合った。

「おまえさんは？」

二人とも神明町の賭場に行ったことはなく、壺振りお甲の噂は聞いているが実物は知らない。橋次がお甲の衣装を上から下まで見て、怪訝そうに訊いた。

「あら、あたしですか。花霞の仲居でレンと申します。一ノ矢の親分さんに頼まれ、芝浜で土地の船頭さんに頼んで舟で参りましたのさ。それでこんな形を。向こうを出たときはまだ明るうござんしたし、女が刀を二本も持って振分け荷物を二人分も肩に引っかけ、街道を歩けませんからねえ」

「ふむ、もっともだ。で、荷は舟かい」

お甲が提灯以外なにも持っていないのに気づいたか、次郎左が問いを入れた。

「はい。ほら、すぐそこですよ。船頭さーん」

お甲が潮騒の音のほうへ提灯を振ると、

「おーう、おレンさん。待ち合わせの人は来なすったかね。だったら、早う取りに来なせえ。わしゃ早う帰りたいじゃで」

名も事前に打ち合わせている。波打ち際のあたりに、提灯の灯りが一つ揺らいでいた。

「さあ、行きましょう」

街道から草叢(くさむら)に下り、砂地と混ざり合ったところから、昼間ならわずか十数歩のところだ。夜だから提灯の灯りがあるとはいえ、用心深く進む。

若い女に〝さあ〟と言われ、さきに立たれたのではついて行かざるを得ない。というより、二人はごく自然につづいた。

荷舟の輪郭が見えた。浜に乗り上げず波に揺れ、頬かぶりをした船頭らしい男が、艫(とも)のほうで無地の提灯をかざしている。

「すまねえ、おレンさんと待ち合わせの人。ここまで来てくだせえ。なあに、水は脛(すね)のあたりまででじゃ」

波打ち際で歩をとめた二人に船頭らしい男は言う。

「もっとこっちに寄れんのか」

「いまは引き潮でさあ。砂地に乗り上げちゃ、わし一人で出せなくなちまいまさあ」

「あ、そういえば、さっきより引いている感じ。あたしが」

お甲が波に入ろうとするのを、

「仕方ねえ。おい、ちょいと濡れるか」

「へえ」

次郎左と橋次は波打ち際に水音を立て、脛のあたりまで浸かって舟べりをつかまえた。提灯の灯りで、脇差が一番手前に並べられているのが見える。

「まず刀を差しなせえ。振分けと巾着はほれ、そこに」

「おう。こいつがなかったから、どうも落ち着かなかったのだ」

船頭に言われるまま次郎左は脇差を腰に差し、橋次もそれにつづいた。二人とも舟べりから手を離している。

「おぉぉぉ。どうしたっ」

つぎに巾着へ手を伸ばそうとすると、舟はそこにいない。船頭は櫓を漕ぎ、沖へ出ているではないか。提灯を消したか、舟と船頭の輪郭が黒くかすかに見えるのみだ。

「ん？」

「えっ」

二人とも脛まで海水に浸かったままふり返った。お甲ではない、別の人物の気配を感じたのだ。

提灯をかざすと、波打ち際に男が一人、しかも武士の風体ではないか。その背後へさらに二人……。前面の武士は加勢充次郎で、背後の二人は龍之助と左源太だ。

「なにやつ⁉」

「おレンさん！」

さすがに次郎左はやくざ者か腰を落とし、差したばかりの脇差に手をかけ、橋次は救いを求めるようにあたりへ目を配った。いつのまにか、離れたところに提灯の灯りが揺れている……お甲だ。

加勢充次郎の願ったとおりの状況になった。

これには一ノ矢の若い衆が首をかしげたものだった。

船頭はむろん、櫓に心得がある一ノ矢の若い衆で、夜釣りにと芝浦で舟を借りたのだ。あと二人、若い衆が提灯の灯りの届かないところに潜んでいる。

さきほど波打ち際で、一同は最後の打ち合わせをした。

加勢の注文に、船頭役の若い衆は言ったものだった。

「——そんなの旦那、刀を握らせる前(めえ)に一太刀浴びせればいいじゃねえですか。そのほうが手っ取り早いし、やりやすいでがしょうに」

「——それじゃ武士の一分(いちぶん)が立たぬ」

「——へぇえ。ま、ようがすが」

言った加勢に船頭役の若い衆は返し、他の二人の若い衆も、

「——そういうもんですかねえ。お侍ってのは」

「──そういうことだ」

龍之助は得心するように言ったものだった。

岸辺に寄せる波の音が、ひときわ大きく聞こえる。

「わしはおまえたちに殺された、倉石俊造の差配頭（さはいがしら）の者じゃ」

「な、なに」

「あ、あれは！　倉石の旦那が、理に合わねえ欲をお出しになったからですぜ！」

波の中に踏み込んだ加勢に、次郎左はその場に踏みとどまって脇差に手をかけ、橋次は御託（ごたく）をならべ、あとずさりしようとしたが水は深くなる。

「あわわわ」

下がれなかった。

「へん。笑わせるねえ。仇討ちのつもりですかい」

次郎左は脇差を抜き、

「わしらが殺さなくても、どうせお屋敷で成敗される不忠者じゃねえんですかい」

言うなり、

「死にやがれーっ」

脇差を振り上げ水音を立てた。加勢の足元からも水音が立ち、

「黙れーっ」

刀の触れ合う音はなく、

「ぎえーっ」

断末魔の悲鳴とともに、

――バシャン
波間に立った水音は次郎左だった。

「ひーっ」

橋次も悲鳴を上げ提灯を放り投げるなり、

「ちくしょうーっ」

脇差を抜き、足に水音を立てた刹那(せつな)、

「ううううっ」

うめき声が潮騒のなかに消えた。あっけないほどの勝負だった。それだけ策とともに、加勢の腕も確かだったということになろうか。

お甲がすかさず駈け寄り、波に浸かってあたりに灯りをかざした。

同時に、

「あとはあっしらが！」

闇から二つの影が走り出て来るなり波に大きな音を立て、お甲の提灯の灯りを頼りに二つの死体を素早くつかみ、

「よいせっ」

戻って来た舟に積み込んだ。むろん二人とも一ノ矢の若い衆だ。又左が選んだか、いずれも手際がよかった。

二人とも、

「よっこらせいっ」

「おっとっと」

と、舟に這い上がり、

「あとはお任せをっ」

「かたじけないっ」

若い衆の声に加勢は返し、舟はすぐに暗い波の上に見えなくなった。おそらく舟には縄も重りの石も用意されていることだろう。次郎左に佐久次、橋次らが、倉石俊造を沖合に沈めようとしたのとおなじ方法を取っている。明日、一ノ矢がこれら三人の葬儀（とむらい）を出す。若い衆らは、遺髪くらいは持ち帰ろうか。

波打ち際に立ったまま、

「俺たちの出番、ありやせんでしたねえ」

「あぁ。あの二人、見苦しいまねはしなかったからなあ」

左源太の言ったのへ、龍之助はたすきをほどきながら応え、波間に向かって合掌した。龍之助と左源太が加勢の背後に陣取ったのは、次郎左や橋次が闇の中に逃げ込もうとすれば、即座に打ちかかるためだった。

左源太も波間に向かい、加勢とお甲も水に浸かったまま手を合わせた。

「ばか者がっ」

加勢が思わず腹の底からつぶやいたのが、さきほど討ち果たした二人に対してではなく、倉石俊造に対してのものであることを、龍之助も左源太もお甲も解した。

「加勢さま、冷とうございます。上へ」

「あぁ」

お甲が言ったのへ加勢はうなずき、二人は岸辺に上がった。

『加勢どの。ご貴殿、このことを屋敷に報告されますか』

龍之助は訊こうとしたがそれより早く、加勢はぽつりと言った。

「鬼頭どの。貴殿とその手下(てか)の人らとそれがしとの、われらだけの秘密ができてしまいもうした」

その口調は、苦痛を帯びたものであった。加勢は屋敷には報告しないようだ。あくまでも倉石俊造の死は、このあと奉行所に戻った龍之助が御留書に記すとおり、〝役務に殉じた〟ものであらねばならないのだ。

左源太がふところから弓張（ゆみはり）の御用提灯を出し、お甲の提灯から火を入れた。この弓張があれば、途中で誰に誰何（すいか）されることもない。

左源太を先頭に、龍之助と加勢が肩をならべ、お甲が朱の花模様の提灯を手につづいている。岩太が茶店の紅亭で待っているだろう。

四人は黙々と来た道を返しているが、龍之助は加勢が歩を進めながらぽつりと言った言葉が、いささか気になった。

「貴殿のあした記される御留書が、わが屋敷に伝わったとき、殿がいかなる反応を示されるか……心配でござる。短気なお方ゆえ」

四　一枚絵の女

一

北町奉行所でも、ひとしきり話題になった。

「先日、同心溜りの廊下に積まれた大量のあれ、鬼頭さんの増上寺門前からだというではないか」

この時期、〝大量の〟などといえば、それがなにかは言わずもがなである。

そこに松平家で〝殉難者〟があったとなれば、

「間一髪でしたなあ」

同心たちは言う。

龍之助が刃の下をかいくぐったというのではない。

松平家の隠密がご停止の品を暴く前に〝殉難〟し、最終的に突きとめたのが奉行所の同心ということになり、松平家から役務怠慢を、

「糾弾されずにすんだ」

というのである。

武士は相身互いというよりも、町方にも松平の隠密の目がついている昨今、同類相憐れむといった思いが、同心たちの胸中にながれている。

そのような環境がかえって、同心溜りで同輩たちが雑談を交わしているとき、それぞれの担当の地域でのようすや状況を相互に、話しやすくさせていた。龍之助も話した。

「いやあ、増上寺のあの広い門前町で、手のつけようがないものですから、松平さまの隠密さんを割り出し、そのお人の立ちまわり先を探っていましたら、一光堂という闇の行商人に行き当たりましてなあ。手入れをしようと思っていたところへ……まったくもって、危機一髪でした」

と、この話は大いに受けた。腰高障子を蹴破ったとき与力の平野も一緒で、一連のの探索騒動との辻褄も合う。

それら同輩たちとの雑談のなかで、気になるものが一つあった。

「版元も絵師も絵草子屋も、きつく見張っているので、美人画さえ新たに描けないはずですが、どこからか出ておりますなあ」

一人の同心が言うと、

「そう、出ております。美人画も枕絵も、明らかに以前のとは別物が」

もう一人がうなずき、それは定町廻り同心すべてに伝搬(でんぱ)した。それぞれに心当たりがあるのだ。龍之助も、

「いかにも」

と、確信をもってうなずいた一人だった。本門前一丁目の柳堂である。一ノ矢が言っていた。

「――大きな声じゃ言えやせんが、秘かに動いている一群があると思いなせえ」

一光堂の橋次に品を根こそぎ買い占められたあと、柳堂の宋兵衛は一ノ矢を介し、その〝秘かな一群〟から仕入れている。〝一群〟とはむろん、版元に絵師、彫師、摺師がそろった一連の面々のことである。

おもに一枚絵だが、龍之助もそれを手に取ったことがある。

「――決して店先で商うような、頓馬(とんま)なことはさせちゃならねえぞ」

龍之助は一ノ矢にきつく言ったものだった。一ノ矢も柳堂も、それを厳重に守って

いる。だから新たに松平の〝隠密〟が入っても、露顕ることはない。

それらの美人画は同僚の言うとおり、〝明らかに以前のとは別物〟だった。描かれている女も絵師も、彫師に摺師も……。

それを定町廻りの同心たちは追っている。

「無理ですよ」

一人の同僚が言ったのへ、周囲の者はうなずいていた。

絵師など、筆一本でどこへでももぐり込める。彫りも摺りも裏長屋の一部屋でできる。以前のように、版元も商舗も看板を出し暖簾を張っているのではない。

「探索のふりはしておきましょう。ご老中さまの密偵さんたちの手前もありますからなあ」

「ごもっとも、ごもっとも」

一人が言ったのへ、龍之助を含め周囲の者はうなずいた。なかには、

「鬼頭さんに倣って、松平さまの隠密を割り出し、そやつを尾けてみますか。案外、手掛かりにたどりつくかもしれませんぞ」

言う、同僚もいた。

「いやあ。あまり推奨できませんなあ」

龍之助は言い、一緒に笑ったものだが、実際に実行した者が幾人かいた。考えれば、有効な方途かもしれない。

一人が同心溜りでの雑談のなかに、思いがけないことを言った。谷中の一帯を定廻りの範囲としている同心だった。あのあたりには白山権現や根津権現をはじめ多くの寺社があり、葦簀張りの茶屋なども多いところだ。

龍之助と加勢充次郎たちが高輪の大木戸まで出張り、次郎左と橋次を討ってから二十日ばかりが過ぎ、月も秋の葉月（八月）となったころだった。

「いやあ、驚きましたぞ。件の隠密さんに目串を刺し、その動きを見張ってみましたのじゃ。するとなんと、新たな美人画を持って茶屋めぐりをしていたではありませんか。さっそくやつらの入った茶店に聞き込みを入れると、美人画に描かれた女を捜していた……と」

一同は顔を見合わせた。描かれた女を手づるに、版元や絵師を割り出す……なるほど探索の一方途ではある。

同心たちは焦った。松平の隠密に先を越されては、老中から名指しで叱責される。というよりも糾弾される。新たな一枚絵の美人画なら、松平屋敷よりも奉行所のほうが見本はそろっている。龍之助とて増上寺門前や神明町で、描かれた女のいないことを確認しておかねばならない。
（よし、その前に加勢どのに松平屋敷のようすを質してみよう）
思った。
加勢といえば、気になることがある。高輪大木戸からの帰りに、ぽつりと言ってい
た。龍之助は思惑どおりの御留書を記したが、すでに松平屋敷に伝わり定信も目にし
ているはずだ。高輪大木戸からの帰りだから、まだ御留書を記す前だ。
「――殿がいかなる反応を示されるか……心配でござる」
その反応を、龍之助はまだ聞いていない。聞いたのは、岩太が遣いに来て口頭で、
「――倉石俊造さまは役務に殉じた家臣として、ねんごろに屋敷から葬儀が出されま
した」
肝心の〝殿の反応〟は、岩太も加勢から聞かされていないようだった。
さっそく左源太を呼び、松平屋敷につなぎをとった。
加勢の反応は早かった。明日、午前、甲州屋である。
「へへ。庭先でやしたがね、また直に話しやしたぜ」
左源太は言う。
「高輪大木戸の件、洩れてはいまいな、などと念を押されやしたぜ」

「なんて応えた」

「決まってまさあ。お天道さまが西から上がろうともって、言っておきやした」

加勢にすれば、倉石俊造の仇討ちとともに、お家の不祥事をあくまでも隠蔽しておきたいのだ。

（それを屋敷の誰にも相談せず、松平家にとってはまさに隠れた忠義の士）

龍之助は思っている。訪ねてきた町場の岡っ引を直接引見するのも、

（その忠義を貫き通す構え）

であることを、龍之助は解した。

だから翌日午前、甲州屋の裏庭に面したいつもの部屋で、加勢充次郎と向かい合って胡坐を組むなり、

「心配ご無用。こたびの一連の出来事、それがしが御留書に記した倉石どの〝殉難〟以外、なんら穿った噂はながれておらず、これからもそうでありますよ」

開口一番、言ったものである。

「ふーっ。鬼頭どの！」

加勢は総身の力を抜き、龍之助を仰ぐように見つめた。この二十日あまり、屋敷内で誰に話すこともできず、秘かに神経をすり減らしていたようだ。龍之助のつなぎに

即座に応じたのも、〝心配無用〟の言葉を龍之助の口から聞きたかったからだろう。

「ご安堵召されよ」

龍之助は再度言って、

「ところで加勢どの。お屋敷では貴殿ご配下の方々が、一枚絵に描かれた女を探索しておいでのようですが、そこからこれまで知られなかった絵師や版元を？」

本題に入った。龍之助は高輪の大木戸以来、気になりつづけていた〝定信の反応〟よりも、一枚絵の女の件を先に訊いた。そのほうがいまは喫緊の課題なのだ。

加勢は応えた。

「うむ。奉行所でも気づいておいでだったか」

「むろん。われらも絵師や版元を探索しておりますゆえ」

「うーむ」

だが加勢は、ふたたび大きく息をつぎ、

「わが殿が貴殿の御留書をご覧になり、倉石の葬儀を命じられるなり烈火のごとくお怒りになり……」

御留書の件から話しはじめた。

「なにゆえ」

「ご心配召されるな」

こんどは加勢のほうが言い、

「殿がお怒りになったのは、貴殿の御留書に対してではない。むしろ貴殿には、町方の者がよく見届けてくれたと申されてな。お怒りは、倉石が町場の者の手にかかったということに対してじゃった」

「ふむ」

そこは龍之助にも理解できた。

加勢はつづけた。

「激怒のなかにお命じになった。徹底するのじゃ、徹底して根絶せよ……と。もちろん、絵草子や一枚絵のことじゃ」

そのとき定信の前に膝をそろえていたのは、江戸次席家老の犬垣伝左衛門と横目付差配の飯島帯刀（いいじまたてわき）、それに加勢充次郎の三人だったという。

「殿の激昂ぶりには、尋常ならざるものがあり、膝をそろえた者はなべて震え上がったものでござる」

加勢は言うと肩をぶるると震わせた。神経過敏な定信であれば、その光景が龍之助には目に浮かぶようだった。

「数日後じゃった。ふたたびおなじ顔ぶれが殿の御前に召され、下知があったのじゃ。足軽どもは総力を挙げ新たに描かれた女を洗い出し、横目付に知らせよ、と。しかも見つけ出すまでは他のことはどうでもよい。そこに集中せよ、と」

「なるほど、貴殿配下の足軽衆に探索だけさせ、手柄は横目付が持っていくということですか。按配したのは飯島帯刀とか申される横目付差配のお方でしょうなあ。それを定信公がご承知なされた……」

「さよう。そこに間違いありますまい。わしのほうは、倉石の真相が明るみに出れば立つ瀬がないゆえ、すべて当方でとは言い難く……」

加勢の言いようはいつになく弱々しかった。

「で、足軽衆の総力を挙げて、新たな一枚絵の女は見つかりましたのか」

「二人ほど」

「えっ。それで横目付のほうへ？」

「仕方なかろう、殿の直々のご下知なれば」

加勢はいまいましそうな口調になっていた。見つけ出した二人は、お千という護国寺門前の茶汲み女と、市ケ谷の茶店に出ているお絹という、いずれも十五、六歳の娘だそうな。

「報告を受け、わしも一枚絵をふところに、そっと面通しをした。なるほど、どちらも絵の娘に似ておった」

「それを横目付に知らせたのは、いつでござろう」

「三日前じゃった。あと横目付たちがどう動いたのか、それは知らん」

「うーむ」

龍之助はうなった。すぐさま奉行所に駈け戻り、先手を打つべくその町を担当している同輩に知らせてやらねばならない。知った理由(わけ)は、与太が垂れ込んできたとか、たまたま目についたとか、どうにでもこしらえられる。

いますぐにでも立ちたいところだが、いつものとおり中食(ちゅうじき)の膳をついてから、

「きょうはそれがしのほうから先に出ましょうか」

と、座を立った。

街道へ出るまでの道筋で、

「どうだった、岩太の話は」

「それが岩太め、愚痴をならべておりやしたぜ。高輪の大木戸よりこのかた、横目付の連中から中間たちまでが監視されはじめた気分だなどと」

「ほう」

龍之助は得心した。高輪の大木戸以来、すなわち松平屋敷では定信が龍之助の記した御留書を見て激昂してからということになる。屋敷内で足軽衆と横目付たちとの目に見えない対立が、いよいよ深まってきたようだ。

街道に出た。

「おめえ、ここから神明町に帰っていいぜ。俺はちょいと奉行所に戻るから」

「へえ、さようで」

左源太は南方向の神明町へ、龍之助は北方向の新橋方面へ急ぎ足になり、

「護国寺門前のお千、市ケ谷のお絹」

その名を心中に復唱した。もちろん、二人が出ている店の屋号も聞いている。

二

陽は西の空に入っているものの低くはなっていない。急ぎ足で江戸城外濠(そとぼり)の呉服橋を渡った。門内の広場の向かい側に北町奉行所の正面門が見える。

(早く知らせてやらなきゃ)

歩をさらに速めたときだった。

「な、なんなんだ！　どうしたっ」

龍之助は走った。まっさきに知らせてやろうと思っていた市ケ谷一帯を管掌している同輩を先頭に、そこを縄張にする岡っ引が正面門から走り出てきて、さらに六尺棒の捕方が五人ばかりつづいていた。

龍之助が正面門に走るより早く、一群は呉服橋御門を出るのではなく外濠城内をそのまま武家地を西方向へ走り去った。

追いかけるより奉行所の中で事情を訊こうと正面門に駈け込んだ。

全体が慌ただしい。

同心溜りには奉行所に残っていた三人ばかりの同輩が落ち着かないようすで、

「あっ、鬼頭さん。いいところに帰ってきた。俺たち待機ということでしてなあ」

座ったまま呼び込むように言った。新堀川の土左衛門の探索に助役として出張った同心だった。龍之助も急ぐように座り、文机をはさんで、

「なにごとですか。さきほど捕物の一群が走り出ましたが」

「殺しですよ、市ケ谷で。さっきあのあたりを縄張にしている岡っ引が正面門に飛び込んできまして」

「なるほど」

さきほどの一行が、奉行所の正面門を出るなり西へ向かったのが納得できる。外濠城内の武家地を抜けて市ケ谷御門まで走り、そこから町場へ走り出ようというのだろう。奉行所から市ケ谷への一番の近道だ。

捕方の一群が現場へ向かうとき、現場に最も近い城門まで城内の武家地を走り、町場を走るのをできるだけ短くするのは、南町も北町も問わず町奉行所の常套手段である。近道にもなり、それだけ捕方の動きを対手に覚られず、不意討ちをかけやすくなる。新堀川探索のとき、騎馬の平野与力が指揮した一群も奉行所から城内を経て幸橋御門から出たのだった。このとき、行きも帰りも松平屋敷の前を通ったことになる。その屋敷で、捕方の行く先を推測できたのは、加勢充次郎一人であったろう。

同心溜りには、異様な空気がただよっていた。

「なんでも市ケ谷八幡町のお絹とかいう茶汲み女で、昼間からあられもない姿で、絵師と一緒に殺されていたそうで」

「それで応援の要請があればすぐ打ち出せるようにと」

残っていた同僚たちは言う。

龍之助はドキリとした。市ケ谷八幡町のお絹……さきほど加勢充次郎から聞いたばかりの名ではないか。しかも加勢が横目付にその名を知らせたのは三日前。そのお絹があられもない姿で絵師と一緒に受難……。

事件発生はきょう午前で、ちょうど甲州屋の奥の部屋で龍之助が加勢充次郎と鳩首し、まさしく〝市ケ谷のお絹〟の名がそこに出たころだ。

同心溜りで脳裡に浮かべるのは、誰もおなじだった。

「危(あぶ)な絵を描いていたのじゃないのか」

それがなぜ殺された。

「…………?」

分からない。

「女に思いを寄せている男が、その場に飛び込んだのでは」

うなずく者もいたが、まったくの憶測に過ぎない。

(まさか)

龍之助は秘かに別のことを思い、心ノ臓を高鳴らせたが、ともかく詳しい状況が知りたい。左源太を帰したのが悔やまれる。座を立とうにも、

――待機
である。それだけ奉行所も、市ケ谷の茶汲み女と絵師殺しを、ありきたりの殺しとは見ていないことが分かる。

平野与力から助け舟が出た。

「残っている者全員が待機することはない。この時節、茶汲み女に絵師とは尋常とは思われぬ。それぞれの持ち場で思い当たる節がある者はただちに微行し、背景を洗い出せ。それが市ケ谷での探索にも役立つと思われる」

まだ状況の分からないなか、歯切れの悪いのは仕方ない。だが平野与力も市ケ谷の事件に、なにやら胡散臭いものを感じ取っているようだ。

「とくに鬼頭、おまえのところからは大量に物が出たばかりだ」

「おぉ、そうだ。また殺しがあるとすれば、そういうところかもしれませんぞ」

助役に出張った同僚がつないだ。断然、座を立ちやすくなった。

「はっ、さっそく」

龍之助は勇んだ。

廊下で平野与力は急ぎ足の龍之助を呼びとめ、そっと言った。

「御留書はなかなの出来栄えだったが、なにやらつながっていそうな気がするなあ」

「私もさように」

二人とも真剣な表情だった。

龍之助も近道をとった。正面門を出るとすぐ西に向かい、松平屋敷の前を素通りした。着ながし御免に黒羽織の同心姿のまま立ち寄るわけにはいかない。いまや屋敷内では横目付から、加勢充次郎まで監視の対象にされているかもしれないのだ。

幸橋御門を出ると、大名小路を経て宇田川町の甲州屋に入った。きょう昼の膳を御馳走になったばかりだ。

「なにやら世の中が、夕刻近くの街道のようになったようでございますねえ」

「そういうことになりますかな」

言いながら迎えたあるじの右左次郎に龍之助は返した。慌ただしくなってきたという意味だ。

店場の隅で、用件だけの立ち話で早々に出てきた。

甲州屋の番頭が店を出て幸橋御門に向かったのは、このあとすぐのことだった。加勢充次郎がどう返事を寄こすか、思っただけで龍之助の心ノ臓はふたたび高鳴った。急なことだから、龍之助は二案を用意した。いずれも文ではなく、口頭によるものだった。

——きょう日の入りの暮れ六ツ、あるいは明日早朝
西の空に入っている太陽が、そろそろかたむきはじめている。

「おい、老爺(おやじ)。奥の部屋を頼むぞ」

と、龍之助は茶店の紅亭に入った。

年増の茶汲み女がすぐに左源太を呼びに出て、

「こんどはなんの事件ですかい」

と、左源太もまた急ぎ来た。

お甲の顔もそろった。

例によって隣の部屋は空き部屋にしている。

「ええ！　まさか」

「ほんとうに！」

話を聞くなり、左源太もお甲も龍之助とおなじことを想像した。市ケ谷のお絹と護国寺のお千の名は、きょう甲州屋からの帰りに龍之助から聞いており、それはお甲にも伝わっている。お甲はとくに左源太から〝護国寺の〟と聞いたとき、

「――えっ」

と、声を上げたものである。

「ともかく、市ケ谷のようすを知りてえ。左源太、いますぐ発て。市ケ谷の貸元なら大松と兄弟分だ。伊三次にも応援を頼め。さあ、暗くならねえうちに。お甲、おめえには護国寺の事情を詳しく訊きてえ。お千とかの奉公先は紅屋だ」

「えっ」

お甲はまた声を上げた。

左源太は勇んで飛び出し、部屋には龍之助とお甲の二人となった。

「龍之助さまア、紅屋って、音羽三丁目のあの紅屋なんですか」

「そうだ。だから俺も驚いたのさ」

訊かれるよりもお甲のほうからさきに切り出した。

護国寺門前といえば音羽町である。増上寺が将軍家の菩提寺なら護国寺は綱吉将軍が帰依する祈禱寺で、広大な寺域に門前町も広く、門前の大通りは十丁（およそ一粁）余に及ぶ。山門前から音羽一丁目、二丁目と九丁目まで町が区分され、広い通りの両脇には飲食をはじめ蠟燭屋、仏具屋、筆屋、石材店などが特徴のある看板とともに暖簾をはためかせているが、一歩脇道に入れば門前町のならいで増上寺の本門前や中門前、それに神明町と変わりはない。

だが、江戸城の外濠のまわりに張りついて広がっている町々にくらべ、音羽町は城の北西部の離れた土地に広がり、奉行所や神明町からだと、行って帰ってくるだけでも一日仕事となる。

だからいっそう、奉行所の手が入りにくく、昼間は自身番の町役たちが仕切っていても、陽が沈めば増上寺門前や神明町以上に、土地の貸元たちが取り仕切るところとなっている。そこにまで加勢充次郎配下の足軽の密偵たちが入っていたことは、まさに驚嘆に値する。

それよりも、紅屋である。かつて島送りになる左源太から、音羽で〝峠のお甲〟といえばすぐ分かるから、俺が島送りになることを知らせてくれと頼まれ、お甲と初めて会ったのが、音羽三丁目の枝道をすこし入ったところに暖簾を出している大振りな座敷茶屋の紅屋だった。

お甲が音羽を離れ、龍之助の隠れ女岡っ引として神明町に移ったのは、龍之助が奔走し左源太を一年足らずで島から呼び戻したときだった。左源太とお甲は甲州のおなじ国者でいとこ同士だった。

龍之助が〝峠のお甲〟を尋ね音羽の町に入るとき、浪人風体を扮えたものだった。だがお甲を神明町に引き抜くときには朱房の十手をちらつかせ、

「――こんな惜しいことはござんせんが、八丁堀の旦那がおっしゃるのなら、仕方ありやせん」

と、音羽の貸元衆に言わせたものである。

そこで大松の弥五郎の用意したのが、紅屋と似た名の割烹・紅亭であったことに、

「――おめえの壺振りも、変わらねえだろうなあ」

などと笑ったものだった。

お千はその紅屋の茶汲み女だという。

水商売の女は入れ替わりが激しいが、紅屋のお千もその後に入った女のようだ。龍之助がふところから出した美人画を見ながらお甲は、

「知りませんねえ、こんな娘。だけど加勢さまがこの娘の名を市ケ谷のお絹ちゃんと一緒に出したというのなら龍之助さまっ、すぐにでも行ってなんとかしなきゃあ。わたし、向こうの貸元さんたちに話をつけますから」

「いや、お甲。まだ即断するのは性急に過ぎる。加勢どのにつなぎを取ったから、その反応を見てからだ」

「でも」

言っているところへ、甲州屋の番頭が来た。急いでいる。部屋に入るなり、

「加勢さまは、長い時間は取れぬが、いますぐに、と」

「ふむ。お甲、ここで待て」

思ったより早い反応だ。同時に、予測の間違いないことに確信を持った。奉行所で〝お絹が絵師と一緒に〟と聞いた瞬間、

（松平の横目付ども）

と、脳裡に走ったのだった。

探索よりも、見せしめの殺害……。

恐怖を持って御掟を徹底する。松平の横目付なら、考えても不思議はない。

（許せぬ）

龍之助は番頭と一緒に走った。

すでに加勢は来ていた。岩太は連れず、一人だ。いかに急いで来たかが分かる。顔は蒼ざめていた。

いつもの奥の部屋で、加勢は龍之助が座に着くなり言った。

「市ケ谷です。すでにお聞き及びのことと思うが、手を下したのは横目付の佐伯佐久次郎と杉田四郎兵衛にござる」

「ふむ」

龍之助は冷静に応じた。

「思えばそれがしが殿のご面前で、一枚絵探索の下知を受けたとき、すでにこのことは決まっていたのかもしれぬ」

加勢は蒼ざめた表情に、ありありと悔しさを浮かべていた。

さらにつづけた。

「おそらく横目付差配の飯島帯刀どのが殿の激昂に驚愕し、次席家老の犬垣伝左衛門どのと謀って決めたことじゃろ。この足軽大番頭のわしは、まったく虚仮にされ、使い走り同然に扱われていたのじゃ」

「ならば加勢どのは、護国寺のお千は救いたい……と」

「できますか、貴殿の力で」

意外な展開になった。

龍之助は即断した。

「加勢どのがみずからの手で、与太の次郎左と小商人の橋次を討たれたご心境、意地と申したほうがよろしいか……分かりもうす。ならばお絹なる茶汲み女と絵師、この両名は町場の者にござる。たとえ御掟によって捕えねばならぬ者であっても、奉行所の裁きによらず殺されたとなると、話は別でござる」

「鬼頭どの。そなた、まさか」

加勢は龍之助の顔を見つめた。

ほんの数呼吸であったろうか、沈黙のながれたあと加勢は言った。

「合力いたす。高輪大木戸のお返しではないが」

「うっ」

ますます思いもよらぬ方向である。

「なれど、わしは松平家家臣の身なれば、自儘には動けぬ。できることは岩太を使番に立てることのみ。さっそくじゃが、いま佐伯佐久次郎と杉田四郎兵衛は屋敷におります。向後、この二人の動向は、岩太をもってお知らせいたす」

「心得た」

話はそこまでだった。陽が落ちたところだ。

お茶だけで、二人は別々に甲州屋を出た。


茶店の紅亭では、縁台はすでにかたづけられ、暖簾も下ろしていた。

「まだ左源太は戻って来んか」

「えっ。なにか進展がありましたのか」

板戸を開けるなり言う龍之助に、お甲は問い返した。

「あった」

龍之助は言いながら腰を下ろし、加勢との談合のようすを話し、

「この件、俺とおまえと左源太の三人で決着をつける。舞台は音羽だ。頼むぞ、お甲。

後詰に土地の者の手を借りたい」

「龍之助さま」

お甲は龍之助の決断を覚り、大きなうなずきを見せた。

左源太が市ケ谷から戻って来たのは、日がとっぷりと暮れてからだった。伊三次が一緒だった。

「いきなりの、非道い殺しようでさあ」

左源太は開口一番に吐き、伊三次も大きなうなずきを見せた。

江戸城外濠で幸橋御門がお城の南手にあるのに対し、市ケ谷御門は北西に位置している。だからきょう捕方の一群は近道に城内を走ったのだが、御門を出ると濠沿いの往還にいきなり京菓子屋から寿司屋、蕎麦屋などの常店が暖簾をはためかせ、片方には葦簀張りの茶店がずらりとならび、茶汲み女たちが日の入りまで出張っている。濠沿いの往還が、そのまま市ケ谷八幡宮の門前町になっているのだ。

往来人や参詣人の絶えないその通りを一歩枝道に入ると、やはり門前町の様相を呈し、夕暮れ時には軒提灯が灯り、白粉の香がただよいはじめる。

左源太と伊三次が聞き込んできたところによれば、殺されたお絹は十八歳で葦簀張りの茶店の茶汲み女だったらしい。

「その茶店さ、市ケ谷の貸元の話じゃ、転び茶屋でしたぜ」

「ま、だったらお絹さん、転びをしていた女？」

お甲は伊三次がうなずくのを見ると、

「そお。いろいろ事情を抱えた娘だったのね。それが非道い殺され方をして」

同情する口調で言った。転び茶屋とは、おもて向きは往来人がちょいと一休みしていく茶店だが、そっとあるじや女と話をつければ、時間切りで外へ連れ出せる仕組みになっている茶店で、もちろんご法度である。

絵師は橘屋栄斎という、人物画をもっぱらにしていた老齢の熟練者だという。名のある絵師がほとんど牢につながれたり手鎖をはめられたりで監視がきつく、そこで栄斎のような地味な絵師に、高報酬で危な絵の口がまわってきたらしい。

「話をつけたのは土地の貸元で、朝からお絹を市ケ谷八幡町の脇道に入った座敷茶屋に呼び、ご停止の一枚絵を描かせていたそうです。そこへいきなり二人の武士が踏み込んできて、二人とも斬殺するなりあっという間に立ち去ったそうで。向こうの貸元が言うには、相当手練の者で、前もって狙いをつけておかねばできる業じゃねえ、と。殺ったやつの手がかりもつかめねえとは、と貸元は悔しがっておりやした」

話す伊三次も悔しそうな口調だった。

部屋の中は油皿の灯りのみとなっている。

聞き終えた龍之助は、

「お絹に栄斎か……。おめえら、仇はとってやるぜ」

絞り出すような声だった。左源太と伊三次は思わず顔を見合わせた。

「お甲。さっきの甲州屋での話、二人にしてやってくれ。ともかくあしたからだ」

龍之助は座を立った。

三人は暗い空洞となった街道まで出て見送り、

「あぁ、これ」

と、お甲は火の入った紅亭の紅い花模様の提灯を龍之助に渡した。高輪大木戸で振った、あの提灯である。

三

翌朝、龍之助は挟箱を担いだ茂市を供に呉服橋御門を入り、奉行所の正面門前で、

「その挟箱なあ、神明町の紅亭に持って行ってくれ。そのまま置いて、帰りは手ぶらでな。それに数日帰らぬかもしれぬ。長引くようなら、誰か遣いの者を寄こすから」

「へえ。なにか知りやせんが、お気をつけなさんして」

茂市は怪訝というより、心配そうな表情で挟箱を担いだまま奉行所の前を離れた。

龍之助は同心溜りで、

「きのうの市ケ谷の殺し、どうなりましたかなあ」

と、一息入れた。

「うーん、どうなりましたろうか」

「あのあたり、手の入れにくいところですからなあ」

直接市ケ谷に出張った同輩も歯切れが悪かった。無理もない。龍之助のように土地の貸元につなぎを取る手づるを持っていないのだ。

それぞれが持ち場に出ようとしていたとき、平野与力から待ったがかかった。お奉行からの達しがあるというのだ。

「ほう。きのうの殺し、徹底して犯人を挙げよとの下知かな」

「いや。さっき正面門で騎馬を見たぞ。以前にも見かけた、松平さまのご家中のようだったが」

同心溜りに声がながれた。

（さて、どっち）

龍之助の心中は秘かに躍(おど)った。

昨夜、神明町から八丁堀に戻ると、その足で平野の組屋敷に訪(おとな)いを入れていた。平野与力にだけは、話の出所(でどころ)は伏せ平野も訊かなかったが、事の真相を話し〝許せぬ〟自分の決意もにおわせた。真相はけさの内に、奉行の耳にも入っているはずだ。

平野は言った。

「みんな、聞いてくれ。お奉行からのお達しだ。きのうのような事件が起こらぬように、闇の絵師、版元、彫師、摺師、それに描かれた女どもを徹底的に洗い出し、お縄にするのだ。裁許(さいきょ)もなく死なせるようなことがあってはならぬ」

「きのうの市ケ谷の犯人は、追わなくてもいいということですか」

問う同心がいた。

「俺にそれを言わせるな。自分で読み取れ。お達しは以上だ」

さっさと同心溜りを出る平野与力の背を一同は、

(やはりあの馬、松平屋敷からだったか)

といった表情で見送った。

龍之助はすぐさま座を立ち、与力部屋に平野を訪ねた。

「ははは。来ると思うておった。つまり、そういうことだ」

一お
れといった動きはまだないようだ。

平屋敷からの早馬が来た
くなよ」

「ふふふ、平野さま。訊かずとも分かりますよ。かえってやりゃ
「うむ。それもなあ、奉行にそれとなく、におわしておいた」

「で、お奉行は如何(いか)に」

「そのお千なる女、音羽だったなあ」

「さようで」

「あそこは無頼の者が多いそうではないか、とお奉行は仰(おお)せられてなあ。こたびは、それがかえっていい結果になるかもしれぬ、と口元をゆるめられたわ。鬼頭」

「はっ」

「やれるか」

「むろん」

龍之助は応えた。北町奉行の曲淵甲斐守(まがりぶちかいのかみ)も、松平定信のご政道には相当嫌気が差しているようだ。

さらに平野与力は、

「お奉行はなあ、このご時世、そろそろ潮目が見えてきた……と」

龍之助は無言でうなずきを返した。曲淵甲斐守は、柳営でそうした秘かな動きをつかんでいるのかもしれない。

与力部屋を出た龍之助の足は、そのまま奉行所を出て呉服橋御門を抜け、町場の街道へ向かった。神明町へ向かうなら外濠城内で松平屋敷の前を経て幸橋御門から出るのが近道だが、このとき龍之助は松平屋敷を敬遠したというよりも、

(俺は町方)

意識を高めるためにも、敢えて遠まわりになる東海道に歩を入れたのだ。

街道の諸人(もろびと)の雑踏を経て茶店の紅亭に入ったのは、午(ひる)すこし前だった。

奥の板戸の部屋には、茂市の持って来た挟箱を守るように、左源太と伊三次が詰めていた。

「岩太は来なかったか」

「まだで」

松平屋敷に、

龍之助は二人に、

「きのうの市ケ谷の殺しなあ、やはり松平屋敷から横槍が入り、探索は打ち切りとなった」

状況を話した。

「だっちもねーっ」

「旦那！　あっしも音羽に連れて行ってくだせえ。町場の者として我慢ができねえ。お絹という女も橘屋栄斎とかいう絵師も直接は知りやせんが、町者の一人として、せめて仇討ちに加わりてえ」

「無理を言うねえ。そりゃあ尋常なところなら、高輪大木戸のときのように、おめえらの手を借りてえところだ。だがな、場所は音羽だぜ」

「うっ」

と、そこを言われると伊三次は二の句がつげなかった。ごく身近な増上寺の門前町でさえ、伊三次をはじめ大松の若い衆は出張っても一光堂をめぐる諍いには一切手出しはしなかった。それが貸元同士の仁義なのだ。まして馴染みのない音羽で、他所の貸元の若い衆が活劇を演じたりすればただでは済まなくなる。たとえそれが龍之助の手下として来ていてもだ。それほどに縄張を持つ貸元衆の仁義には、他では考えられないほど厳しい掟がある。それによって、江戸の貸元たちの世界は成り立ち、維持されてもいるのだ。

そういう土地だから、お甲が貸元衆に根まわしをしておくため、きのうの内に音羽に向かったのだった。

「ま、そういうことでえ、伊三兄イ。すまねえが……」

左源太も残念そうに言う。

「仕方ございやせん。せめてつなぎの役目は、間違えなくやらせてもらいやす」

と、伊三次はそれ以上、同行を口にすることはなかった。

その日、岩太からのつなぎはなく、ただ待っているだけで一日が終わった。

夕刻近くには、大松の弥五郎と一ノ矢が挨拶に来た。

「できることなら、あっしらが手勢を引き連れ、松平屋敷に打ち込みてえくらいでさあ」

「町衆になり代わり、仇は屹度討ってくだせえよ」

二人は声をそろえた。その感情は、裏の世界の者だけではない。市ケ谷の真相がおもてになれば、間違いなく美人画や枕絵の理非を越え、江戸庶民の共通の思いとなるだろう。

「町方もなあ、おめえらとおなじ気分だぜ」

龍之助は返していた。

翌朝、日の出と同時だった。

中間姿の岩太が茶店の紅亭に飛び込んできた。

泊まり込んでいた龍之助と左源太は飛び起きた。

「横目付の佐伯佐久次郎さまと杉田四郎兵衛さまが、供を連れず屋敷を出られるごようす。きのう夕方、護国寺門前町でお千さんを見つけた足軽を呼び、音羽三丁目のようすを詳しく訊いておりましたから、行く先は音羽に違いない、と加勢さまが」

「よし、分かった。行くぞ」

「がってん」

左源太はいつもの股引に腰切半纏の職人姿だが、龍之助は継ぎ目のある着物に折り目のない袴をつけ、髷は小銀杏の先を散らし、どう見ても尾羽打ち枯らす寸前の浪人にしか見えない。だが腰には大小を慥（しか）と差し、ふところには朱房の十手を忍ばせている。茂市が運んで来た挟箱には、捕物道具ではなく浪人衣装一式が入っていたのだ。

「あれれれ鬼頭さま、そのお格好は！」

店に入ったばかりの若い茶汲み女が、中から飛び出てきた龍之助に目を丸くした。

「へへ。これも御用の筋」

左源太が返し、

「大松の親分さんに伝えておきまさあ」

茶店の老爺（おやじ）の声を背に紅亭の前を急ぎ離れた。

中間姿のまま、岩太がついてきた。

「加勢さまから、音羽まで一緒に行って、佐伯さまと杉田さまを見つけ、面体を鬼頭さまにお教えしろと言われております」

「ならん。ここから帰れ」

足を急がせながら龍之助は言った。危険だ。もし逆に岩太が音羽まで出張ったのを佐伯と杉田に見られたなら、松平屋敷でほんとうに加勢充次郎が横目付衆から監視されることになるだろう。

「それなら」

と岩太は、佐伯の羽織の家紋が三枚笹（さんまいざさ）で、杉田の家紋が左三つ巴（ひだりみどもえ）であることを話した。これも加勢の指示であろう。加勢が横目付に一泡吹かせてやりたいと思っているのは、いよいよ本気のようだ。それらの紋は分かりやすい意匠だから、ある程度離れていても見分けがつく。

「ご成就、願っております」

と、岩太は不承ぶしょう引き返した。

「すまねえ、岩よ」

左源太は岩太にも言った。それもまた、左源太のやる気をあらわす言葉だった。

二人は外濠沿いの往還を進み、あの繁華な市ケ谷八幡町を抜け、江戸城の北面になる牛込御門を過ぎたあたりで、外濠に流れ込んでいる神田川の土手道に入った。神田川は外濠に近い部分だけが江戸川と名を変えている。この一帯の住人が、お城の南側にあたる日本橋界隈に対抗し、負けちゃいないぞと川の呼び名を変えたのだ。

その江戸川をさかのぼったところに護国寺門前町の音羽九丁目に入る橋がある。この橋も江戸川橋といった。江戸川橋の上流から、川の名は神田川に戻る。

龍之助と左源太はかなり急ぎ足のままここまで来たから、佐伯たちの先まわりをしているはずだ。佐伯と杉田は二本差しに羽織・袴で悠然と歩いているだろう。護国寺への参詣人が往来する江戸川の土手道でもそれらしい二人を見かけなかったから、牛込御門を過ぎたところで、すでに先まわりになっていたのかもしれない。

「へへ、兄イ。あそこに茶店がありまさあ」

「ふむ。ちょうどいい場所だな」

と、二人は茶店の縁台に陣取った。橋を渡ってすぐのところだ。江戸川橋の往来人がよく見える。

太陽は中天に近づいているが、午(ひる)にはまだいくらか間のありそうな時分だった。

串団子を頬ばり、お茶をすする。

さほど待つこともなかった。

「兄イ、やつら」

「ふむ。そうらしいな」

左源太が言ったのへ、龍之助はうなずいた。

塗り笠をかぶった武士が二人、悠然と橋を渡ってくる。

二人は茶店の前にゆっくりと歩を進めた。笠をかぶっていても、龍之助と左源太は縁台に座っているから、さりげなく下から見上げるように面体を確かめることができた。二人とも三十がらみか、なかなか腕の立ちそうな精悍な面構えだ。さすがは松平家の横目付といったところか。

通り過ぎ、龍之助と左源太は待っていたように二人の羽織の背に視線を投げた。

「よし」

小さく同時にうなずいた。果たして一人は三枚笹、一方は左三つ巴だった。岩太から聞いた風体によれば、三枚笹の角顔が佐伯佐久次郎で、左三つ巴の頬骨の張ったほうが杉田四郎兵衛か。

「行くぞ」

「へいっ」

龍之助と左源太は腰を上げた。

四

音羽の大通りは、江戸川橋を渡った九丁目から豪勢な護国寺山門の一丁目に近づくにつれ、参詣人や行楽客の賑わいは増してくる。

三枚笹の佐伯と左三つ巴の杉田は九丁目から、ゆっくりと周囲を睥睨（へいげい）しながら一丁目のほうへ向かっている。

「お侍さま、どうぞ」

と、沿道の茶店からかかる呼び込みの黄色い声もまったく無視している。

その三間（およそ五米）ほどうしろに浪人姿の龍之助と職人姿の左源太がつづいて

いる。広く繁華ななかに、しかも対手が龍之助や左源太の顔はむろん存在さえも知らないとあっては、これほど尾行しやすい環境はない。浪人と職人では上客にはならないか、この二人には呼び込みの声がかからない。かえって好都合だ。

「へへ。あの三枚笹の佐伯って野郎、名が佐久次郎たあ、新堀川で葬った佐久次と似てやがるぜ」

「ふふふ、俺もそう思っていた。もうすぐあの世に行くこともなあ」

話しながら尾けている。

佐伯と杉田もときおり言葉を交わしているようだが、声までは聞こえない。

「兄イ。このあたり、三丁目のようですぜ」

「そうだなあ」

左源太と龍之助が言葉を交わしたのと同時だった。

「あっ、曲がりやした」

「ふむ」

二人は速足になった。三枚笹と左三つ巴が枝道に入ったのだ。

「あの先だ、紅屋という座敷茶屋は」

「なるほど」

と、龍之助たちも枝道に入った。

三枚笹と左三つ巴の背が見える。

『許せ』

言ったであろうか、そのような仕草で武士二人は紅屋の暖簾をくぐった。店の造作は神明町の茶店・紅亭と似ている。往還に縁台を出し、暖簾を入れば入れ込みがあってその奥が座敷になっている。入れ込みも小奇麗で座敷の仕切りも襖（ふすま）になっているのが、神明町の紅亭とは異なる。部屋数も多く、まさに座敷茶屋だ。

佐伯佐久次郎と杉田四郎兵衛は部屋で中食（ちゅうじき）をとりながら、仲居たちにお千の聞き込みを入れ、襲う機会を探るのだろう。

三台ある縁台にはいずれも客が五、六人ずつ座り、近くに立ちん坊をしているのは縁台の空くのを待っている客のようだ。

「おっ」

「ふむ」

左源太の声に龍之助はうなずいた。盆を持って出てきた茶汲み女、客たちの目を引き、声をかけられ返事をする仕草も愛想がいい。ふところの一枚絵を出して確かめるまでもなかった。お千だ。

二人はさりげなく紅屋の前を通り過ぎ、

「さて」

「どうしやす」

立ちどまった。

「よし、あそこだ」

ななめ向かいの茶屋の縁台に、まだ座る余地があった。それらの客もお千がお目当てのようだ。

龍之助は苦笑した。ご停止の一枚絵が、かなり出まわっていることになる。そこにもし龍之助が小銀杏に着ながし御免の黒羽織だったなら、この道筋全体に緊張が走り、縁台の茶飲み客たちはそそくさと立ち去り、

『へへ、旦那。なにかご用ですかい』

と、土地の与太に囲まれることになるだろう。

「龍之助さまア」

声をかけられた。お甲だ。

「ほう。その姿」

龍之助はすぐに思い出した。桔梗(ききょう)模様の着物に深緑色の帯だ。五年前、目の前の

紅屋の一室で、初めて会ったときの姿だ。〝色っぽい女壺振り〟と聞いていたが、あらためて見ると、いまもその妖艶さは衰えていない。

「おう、お甲。それにこいつら」

左源太がいくらか身構える口調になった。お甲の背後に遊び人風の若い男が二人、随うように立っている。

「へい、お初にお目にかかりやす」

「左源太の兄イでござんすね。こちらさまは鬼頭の旦那で」

「この土地の若い衆さ」

二人が鄭重に挨拶したのへお甲がつないだ。

「ほう、そうかい」

左源太は兄イと称ばれ、たちまちに相好をくずした。

「で、どういうことだ。いま松平の二人が紅屋へ」

「分かっております。さあ、そこの旅籠に部屋を取っておりますので」

紅屋に顎をしゃくった龍之助に、お甲はなため向かいの旅籠を手で示した。

「しかしお甲、さっきそこへ入ったのは」

「へい。分かっておりやす。松平さまのご家中でござんしょう。旦那と左源太の兄イが尾けてなさるので、それと分かりやした」

「うっ」

龍之助はうめいた。土地の与太たちの迅速さに対してである。もちろんそれは、お甲が相当詳しく話した内容が前提となっていようが、おそらく江戸川橋を渡ったところから龍之助と左源太の動きは、土地の者たちに見張られていたことになる。

龍之助と左源太はお甲に従った。

「あとはお任せを」

と、二人はその場に残った。龍之助たちに代わって、紅屋への見張りをするのであろう。

「おめえさんら、角顔のほうが佐伯佐久次郎で、頬骨野郎が杉田四郎兵衛だ」

「へい。角の佐伯に頬骨の杉田でござんすね」

左源太が低声(こごえ)の早口で言ったのへ、若い衆は返した。まるですでに、気心の知れた身内同士のようだ。

「さあ」

ふたたびお甲にうながされ、ななめ向かいの旅籠に向かった。増上寺や神明宮の門前やその街道筋にもよくある、遠くからの参詣人をおもな客とする旅籠で、屋号は江戸屋といった。江戸川や江戸川橋の心意気を受けた屋号か、そこからもこの旅籠が護国寺門前では誰もが知る存在であることが想像できる。実際に二階もあり、構えも大振りだった。

玄関を入り、

「お甲、なにを考えておる。困るぞ、こんな目立つところ」

龍之助は真剣な表情でお甲にそっと言った。これからお甲をまじえ、三人で松平家の横目付二人にお絹と橘屋栄斎の仇討ちを仕掛けようというのだ。泊りがけなら、木賃宿とまではいかなくとも、できるだけ奥まった小振りで目立たないほうが好ましい。

「分かっていますよう。だけど音羽に来て、お貸元衆の合力を受ける以上、仕方ありませんよ」

お甲は返した。理由（わけ）はすぐに分かった。

とっている部屋は、一階の一番奥とその手前の二部屋だった。

（なるほど）

龍之助はうなずいた。茶店の紅亭とおなじように二部屋とっていることもさりながら、廊下から庭に下りれば、裏手の勝手口がすぐそこにある。誰にも見られずに出入りができる。

お甲はさらに言った。

「二階にもう一部屋、紅屋の玄関が見える部屋も手配しました。間もなくいずれかの若い衆が入るはずです」

「失礼します」

お甲が廊下で膝をつき襖を開けると、

「ん？」

龍之助たちのためにとった部屋に、早くも来客が三人……。

「鬼頭さま、お久しゅうございます。五年ぶりでしょうか」

言った男に見覚えがある。五年前、龍之助がお甲を音羽町から神明町へ居場所を変えさせたとき、紅屋の座敷に同席し、残念がった男だった。音羽一丁目の貸元である。あとの二人は、

「二丁目と三丁目の貸元の親分さんで……」

お甲は紹介するように言った。

「きのう、お甲さんがひょっこり帰って来なすったのには驚きやした。さらに話を聞き、旦那のお越しになるのをいまかいまかと待っておりやした」

二丁目の貸元が言うのへ、一丁目と三丁目の貸元がしきりにうなずいている。

きのう、お甲は音羽の貸元衆に、市ケ谷の真相を詳しく話したようだ。それがお甲の、土地(ところ)の合力を得るための根まわしだった。

その結果が、江戸屋の部屋はきのうのうちにお甲が手配したのであろうが、きょう龍之助と左源太が江戸川橋を渡るなり、一丁目から三丁目までの貸元が即座に顔をそろえたところにもあらわれている。

「遅れまして申しわけありやせん」

と、仲居ではなく女将が膳の数を訊きに来るのと同時に、部屋へ飛び込んで来たのは四丁目の貸元だった。

いずれの若い衆か、

「二階の部屋から二人、見張りにつきやした」

知らせに来た。近くの茶屋の縁台からも、さきほどの二人が見張っているはずだ。松平屋敷の横目付二人には、音羽の町にいる限り、一挙一動をも見逃さない態勢がすでにとられているようだ。

白昼に市ケ谷の座敷茶屋で、お絹と橘屋栄斎が斬殺されたことを意識してか、

「お千は仲居ではなく茶汲み女で、座敷に出ることはありやせん。それに転びではありやせんから、客と外へ出ることもありやせん」

三丁目の貸元が言った。きのう、その手口もお甲は話したようだ。まさかおもての縁台で、佐伯も杉田もお千に斬りつけたりはしないだろう。

「ふむ」

龍之助はうなずきを返した。

昼の膳が始まった。上座に龍之助が座ってその左右をお甲と左源太が固め、下座には四人の貸元衆が居ながれている。神明町のように、一同が無礼講の円陣を組むほど相互に気心が知れているわけではない。

音羽町も増上寺門前のように、町ごとに貸元が林立し、微妙な均衡を保っているようだ。そこへいまなお垂涎（すいぜん）の的である女壺振りのお甲がふらりと戻り、しかも奉行所の同心と悶っ引を連れている。

いずれの貸元と結託してのことか……場合によっては音羽町の微妙な均衡が崩れかねない。そのためにも泊まるところは隠れた場所ではなく、誰もがうなずく旅籠でなければならない。江戸屋なら紅屋のすぐ向かいであり、格好の旅籠となる。貸元と会うにも、単独で会ってはならない。そうしたところにも、お甲はきのうから心をくだいたようだ。

膳を進めながら、

「鬼頭さまに左源太さん、よう来てくださった。市ケ谷の一件、聞きやした。この音羽で起こさせちゃならねえ」

「音羽だけじゃござんせん。江戸のどこで起きるのも許せねえ」

三丁目の貸元が言ったのへ、四丁目の貸元がつなぎ、

「実は旦那、お千の塒はあっしの四丁目でやして、郷里から老いた阿母を呼び寄せ、裏長屋で二人暮らしなんでさあ」

座に緊張が走った。紅屋のある三丁目より、その四丁目の長屋が活劇の場になるかもしれないからだ。

「それよりも兄イ」

左源太が声を入れた。

「きのうの奉行所でのこと、お甲もまだ知らねえはずですぜ。もちろんここのお貸元衆も」

「ふむ。そうだな」

「あら、わたしの知らないことって。またなにか起こったの」

龍之助は応じ、お甲がその横顔を見つめた。

龍之助は意を決したように、

「きのうの朝のうちだった。早馬が北町奉行所に入ってなあ……」

話しはじめた。松平屋敷から圧力がかかり、奉行所が市ケ谷の一件の探索を打ち切った件である。

お甲は驚き、

「なんだと！」

一膝前にすり出て膳に音を立てたのは一丁目の貸元だった。増上寺門前がそうであるように、音羽町でも一丁目が貸元衆の筆頭であるようだ。

他の貸元たちも箸をとめ、瞬時その場は凍りついた。

龍之助はさらに言った。

「だからよう、俺が浪人姿でわざわざ出張って来たのさ。お千に手を出させねえこともあるが、市ケ谷の仇も討ちてえ。そうでもしなきゃ、江戸の町方として世間さまに顔向けができねえ」

伝法な口調で言った。本心である。

「旦那！　葬(ほうむ)るのは、きょう来ている二人だけですかいっ」

「いまはな。できることはそれしかあるめえ」

二丁目の貸元が、挑(いど)むように言ったのへ、龍之助は仕方がないといった口調で返した。もちろん、斃したいのは直接手を下した佐伯佐久次郎と杉田四郎兵衛だけではない。発案し命じた飯島帯刀も冥土に送らねば、納得できる仇討ちにも世間への顔向けにも、

（ならない）

ことを、龍之助は百も承知している。周囲もそう思っている。さらに言えば、松平定信をも……である。

だが、横目付の二人をどこで誰の手によったか分からないまま、さらに死体も出ないまま消し去ることによって、加勢充次郎の味わった悔しさに倍する思いを、

（飯島帯刀と定信に味わわせてやるぞ）

そこに龍之助は、得心するものを得ようとしている。

それらを汲み取ったか、

「従いやすぜ、旦那の差配に」

声を腹から絞り出したのは、一丁目の貸元だった。

いま音羽町の貸元たちはあらゆる利害を超え、松平定信のご政道に対し一つにまとまっている。

「そうと決まれば、明るいうちに四丁目を案内してもらおうか。お千の長屋の周辺を

さ」

「ようがす、旦那」

四丁目の貸元が応じ、他の貸元たちは諾意（だくい）のうなずきを見せた。

とまっていた箸が、ふたたび動きはじめた。

五

夕刻が近づいた。

「そろそろだな」

江戸屋の一階の部屋に、龍之助の声がながれた。

部屋には龍之助に左源太とお甲の三人だけだ。

股引に腰切半纏の左源太に、お甲は高輪の大木戸のときとおなじ軽業衣装に着替えている。それぞれが内に得物を忍ばせていることは言うまでもない。

昼の膳が終わってからしばらくしてからだった。

「出て来やしたぜ」

二階から見張っていた若い衆が駈け下りてきた。佐伯佐久次郎と杉田四郎兵衛が動きはじめた。だがまだ白昼である。二人は周辺の地理を調べておきたいのか、近くの大通りから枝道へとうろうろしはじめた。尾行はそれぞれの若い衆に任せてあるので安心できた。この時点で二階の部屋を引き払った。それがこのあと、思わぬ効果を生むことになる。

佐伯と杉田が町を散策しはじめてからすぐのことだった。紅屋の女将が江戸屋に顔を見せた。三丁目の貸元の差配だった。

「——あのお侍さま方ですが、仲居にしつこくお千のことを訊きまして。多いんですよ、栄斎先生に描いていただいて以来そんなのが」

女将は言った。もちろん女将は同座している浪人が、奉行所の同心だなどとは知らない。お甲の顔も知らなかったのは、かえって好都合だった。なにぶんお甲が音羽町で壺を振っていたのは、五年前のことである。

「——もちろんどこに住んでいるかなど教えませんよ。ただ、おもての茶汲み女で仕事は日の入りまでだということは話したそうです。ですが仲居は、みょうなことを訊くお客にはすべてそうなのですが、転び女でないことはきつく言ったそうです」

貸元たちは満足そうにうなずき、

「——それじゃあっしらも用意がありやすので」

と、そろって紅屋から引き揚げた。

ここでようやく部屋には龍之助、左源太、お甲の三人となった。

緊張の時間がながれる。

陽がかたむきかけてからだった。三丁目の若い衆が、奥の部屋に駈け込んできた。

「——野郎、舞い戻って来やしたぜ」

それだけではなかった。なんと二人は江戸屋に草鞋(わらじ)を脱いだのだ。それも所望(しょもう)した部屋が、

「——二階でのう。おもてがよく見える部屋はあるか」

だった。

見張り所にしていた部屋が空いている。江戸屋の女将は二人をそこへ入れた。

予想外のことに、一階の部屋の誰もが含み笑いをした。これからの二人の動きが、見張りの者をつけなくても手に取るように分かる。紅屋でお千の塒(ねぐら)は訊き出せず、転びでもないと念を押されたものだから、日の入りにお千が帰り支度で出てくるのを待ち、あとを尾けようという魂胆であろう。

もうそろそろだと龍之助たちが身支度をしはじめたときだった。

「へい。案内いたしやす」

三丁目と四丁目の代貸がそろって迎えに来た。土地の若い衆たちの準備も整ったようだ。

「行くぞ」

「がってん」

龍之助と左源太が気合を交わしたのへ、

「でもさ、わたしの出番、あるかしら」

と、お甲は自分の軽業衣装を見ながら言った。

「ないに越したことはない」

「んもう」

さらりと言う龍之助に、お甲は頬を膨らませた。

陽が落ちた。三人は代貸二人について廊下から庭に下り、裏の勝手口を出た。気づく者はいない。代貸二人の案内で、先まわりし待ち伏せようというのだ。若い衆たちはすでに配置についていようか。地の利は断然こちらにある。人数も余るほどそろっている。あとはいかに騒ぎにせず、二人の松平家横目付に引導を渡すかだ。その策を龍之助はすでに立て、貸元たちに話している。

勝手口を出るとお甲は、

「それじゃ、わたしは」

と、路地から三丁目の枝道へ出た。江戸屋の表玄関があり、ななめ向かいの紅屋では男衆(おとこし)が出てきて縁台をかたづけはじめた。それを二階の障子窓から、佐伯佐久次郎と杉田四郎兵衛が見ている。

女将がさきほど一階の奥の部屋へ告げに来た。二階の侍二人が、夕刻にちょいと飲みに出たいが、近くにいい店はないかと訊いたらしい。外出を怪しまれないための、根まわしのつもりであろう。

まだ二階から見張っている横目付二人の目に、近くの路地から出てきた軽業衣装の女が映り、その姿は紅屋に入った。

「なんだ、ありゃあ」

「座敷に出る芸人だろう」

この時分から紅屋は、屋内だけの営業となる。交わしているうちに、お千が出てきた。さきほどまでの明るい色の着物と派手な前掛とは異なり、地味な着物に風呂敷包みを手にしている。毎日のことで、老母と一緒に食べる夕飯で、店のあまりをもらって持ち帰っているのだ。

「――お千の阿母は足が悪く、台所に立つこともできねえんでさあ」

昼間、お千の長屋がある四丁目の若い衆が言っていた。

「よし」

佐伯と杉田は急ぎ一階に下り、

「ちょいと飲みにな」

下足番に声をかけ、江戸屋の玄関を出た。

お千の地味な着物の背を、二人の目はすぐに捉えた。

尾けはじめた。葉月（八月）ともなれば、日足はひところにくらべかなり短くなっている。まもなく宵闇に人の影しか見えなくなることだろう。

お千を知っている者なら、〝あれっ〟と思うだろう。風呂敷包みはいつものとおりだが、歩みが毎日の帰り道と違っている。逆方向だ。

『あれ、お千ちゃん。どうしたの』

他の茶店の女が声をかけようとしたが、お千は速足で通り過ぎ、表情も強張っていた。

「…………？」

女はお千の背を見送った。そのすぐうしろに武士が二人おなじ方向に歩を進めていたが、大通りは商いを終えた屋台などがかたづけにかかり、参詣客は帰りを急ぎ、脇道では客筋が夜の行楽客と入れ替わる時分であり、そこに武士が歩いていても不思議はない。

その武士二人のうしろに、軽業姿のお甲が尾いている。

さきほど紅屋に入ったお甲は、緊張するお千に、

「――いいこと。あくまでも落ち着いて。もしお侍二人が途中で襲いかかってきたなら、わたしがこれで」

と、手裏剣を五間（およそ九米（メートル））ほど先の柱に命中させていた。

紅屋の女将が三丁目の貸元に頼まれ、お千に事情を話したのだが、

「――もう、お千が恐がって蒼ざめ、ガタガタ震えだし、立てなくなってしまったからなんとかしてくれ」

と、江戸屋へ知らせにきたのだ。そこでお甲が出向いて手裏剣の手並みを披露し、なんとかお千に第一歩を踏み出させたのである。

しかしお千にすれば、これからの策を三丁目と四丁目の代貸から説明されたとき、市ケ谷の事件も聞かされては、ただ恐ろしいの一語に尽きようか。強張った表情で速足になるのは無理もない。

軒提灯が出され、人と人の肩がすれ合うほどの脇道を、幾度か曲がっているあいだ

はよかった。だが、そうした町場を抜け、長屋から離れたさみしい往還に出たとき、抑えていた恐怖が総身（そうみ）に込み上げてきた。

　護国寺が将軍家の祈禱寺であれば、周囲に大名家の中屋敷や下屋敷が多い。音羽町はそれら武家屋敷のあいだに広がるかたちになっている。

　町衆からは町場の裏手が大名屋敷であり、大名家からは屋敷の裏側が町場である。お千は言われたとおり、陸奥平（むつたいら）藩五万石の中屋敷の白壁がながれる往還に出た。片側に町家がつづいているが、互いに裏手と裏手であれば昼間でも人通りは少なく、夕刻を過ぎればなおさらで、繁華な門前町の息吹（いぶき）もまったく伝わってこない。ところどころに空地もあって雑草が生い茂っている。

　しかもあたりは暮れかかっている。命を狙われている娘にとって、かすかに聞こえる足音にふり返るのも恐ろしい。十歩と持たなかった。手に提げた風呂敷包みを胸に抱え込み、

「わーっ」

　いきなり下駄を脱ぎ捨て声を上げ走りだした。

「おっ、いかん。ここで殺（や）るぞっ」

「おうっ」

佐伯と杉田は草履を脱ぎ捨て、走るお千を追いながら抜刀した。

この瞬間、お甲はまだ路地にいて白壁の往還に出る寸前だった。

お千の声を聞き、

（えっ、ここで！）

飛び出した。

「あぁぁ」

すでに手裏剣を投げるには距離が開き過ぎている。しかも標的は走っている。お甲も走った。軽業衣装が役に立った。

白壁の往還ではたちまち着物のお千と佐伯たちとの距離は縮まり、振り下ろせば刀の切っ先がとどくほどとなった。

「こやつーっ」

三枚笹の羽織の腕が振り上げられた。佐伯佐久次郎だ。

同時だった。

「うわわわっ」

佐伯は足をもつれさせ、その場に転がり込んだ。

「きゃーっ」

　お千は悲鳴を上げ、逃げるよりも恐怖のあまりか風呂敷包みを胸にかき抱き、白壁を背に立ちすくんでしまった。

「どうした！」

「むむむっ。足がっ」

「よし、俺がっ」

　数歩遅れて走り込んできた杉田が、お千に向かって大刀を振り上げた。佐伯佐久次郎は、路地に潜んでいた左源太の分銅縄に足を取られたのだ。二尺（およそ六十糎）か三尺（およそ一米）ほどの縄の両端に石を結びつけた得物である。甲州の山村にいたころ、左源太はこれで迫ってくる猪を転倒させ、あるいは逃げる鹿を射とめたりしていた。

　だが、即座に第二打を打ち込むことはできない。

　左源太の一打と同時に路地から飛び出した影は龍之助だった。

　――キーン

　金属音が響いた。龍之助が抜き打ちの態勢で、打ち下ろされた杉田の刀を撥ね上げたのだ。

「ひーっ」

お千は白壁へ、もたれかかるようにへたり込んでしまった。あとはただ硬直し、身動きもできない。

起き上がった佐伯は手から離した刀はそのままに脇差を抜こうとした。が、

「ううっ」

瞬時、動きをとめた。走り込むなり打ったお甲の手裏剣が肩に命中したのだ。この機を左源太は逃さなかった。

「野郎！」

踏み込んで佐伯に体当たりし、互いにからまってのけぞるように倒れるなり分銅縄を佐伯の首に巻き、締めつけた。

「うぐぐっ」

佐伯はもがき、左源太はさらに締めた。

龍之助と杉田は、白壁を背景に双方正眼の構えに向かい合った刹那(せつな)、一呼吸の間も置かない動きだった。突然の変化に戸惑う杉田よりも紙一重、飛び込んだ龍之助のほうが有利だったか。再度踏み込んだ龍之助の刀の切っ先が、

「うぐーっ」

杉田の脾腹(ひばら)を薙(な)いでいた。

数歩、杉田はお千の前から離れ、よろめく足で辛うじて身を支えながらも龍之助に刀を向け、

「なにやつ」

「北町奉行所同心、鬼頭龍之助」

名乗ったのは、死にゆく者へのせめてもの手向け(たむ)であった。

「な、なに！」

「貴殿ら老中の下知といえ、市ケ谷につづく所業、許せぬ」

「知っておったかっ」

「すべてお見通しでござる、杉田どの。片方は佐伯どのと申されよう」

「むむ、そこまでも。われら、下命あらば、ただ従うのみ。御免！」

杉田四郎兵衛は刀の向きを変えるなり、刃(やいば)をおのれの首にあて喉をかき斬った。

「おぉぉ」

血潮の激しく飛び散るのが、宵闇の迫るなかにも見えた。

そのすぐ横で、左源太は腕の力を抜いた。佐伯佐久次郎の身はすでに動かなくなっていた。

三丁目と四丁目の若い衆が、あちこちの路地からわらわらと出てきた。

「これはなんとも！」

「さすがは！」

と、三人の見事な連携に絶句したのは三丁目と四丁目の代貸だった。見届け人として一丁目と二丁目の代貸も来ており、ともに息を呑んでいた。

「あとをよろしく頼む」

「へい」

代貸たちは応えた。今宵のうちに、修羅場の痕跡も死体も跡形なく消えることであろう。龍之助はさらに頼んだ。

「死体はねんごろにな」

代貸たちは応じた。いずれも杉田の自害を見ている。おろそかには扱えない。

お千は蒔のある四丁目の若い衆が二人ほどつき添い、お甲が抱きかかえるように長屋まで送った。

その夜、お甲が江戸屋の奥の部屋に戻ってきてから、龍之助は言った。

「あそこが待ち伏せの場ではあったが、危ないところだった」

左源太とお甲は、無言でうなずいていた。思い起こしただけでも心ノ臓が高鳴る。

二日、三日と、日はながれた。

松平屋敷では横目付二人が戻ってこない。家臣らに公開し、捜索隊を出すわけにもいかない。左源太が岩太につなぎを取ったわけではないが、屋敷で真相を知っているのは加勢充次郎一人であろう。

その加勢が定信に報告するのは、市ケ谷での一件が、

「下々の話になりまするが、男女の痴情のもつれによる諍いとの噂がながれている由にござりまする」

と、そのことのみだった。

定信の激怒のうめきが、中奥の部屋にながれた。龍之助が大松の弥五郎をとおして市ケ谷の貸元にその噂の流布を依頼したのだ。横目付差配の飯島帯刀が献策した、恐怖によるご停止貫徹の策は、その効果を見ることはできなかった。

世にいう〝寛政の改革〟が動きはじめてよりすでに三年、寛政二年（一七九〇）の秋の一日、定信は柳営で幕閣たちを一堂に集め、こめかみに青筋を浮き上がらせ、特徴のある甲高い声で怒鳴っていた。

「浮華淫靡のながれ、向後一層容赦なく糺すべし」

連日つづく不機嫌のまま、屋敷に戻ってきた定信に加勢充次郎は目通りを願い、お

伺いを立てた。

「田沼意次の隠し子の探索、さらに続けましょうや」

「なにっ。まだ見つかっておらぬのか！　この不忠者！」

こめかみの青筋はいっそう浮き上がり、脇息が飛んでくるかと思うほどの定信の勢いだった。

中奥の部屋を辞した加勢充次郎は、廊下を足軽部屋に戻りながらつぶやいた。

「近いうちに、また鬼頭どのにつなぎを取るか」

「ハァクション」

龍之助は北町奉行所の同心溜りで、大きなくしゃみをした。

同時に、

「このご時世、もうそろそろの気がするぞ」

同僚のふと言っているのが聞こえた。

時代小説

二見時代小説文庫

許せぬ所業　はぐれ同心　闇裁き11

著者　喜安幸夫

発行所　株式会社　二見書房
東京都千代田区三崎町二−一八−一一
電話　〇三−三五一五−二三一一［営業］
〇三−三五一五−二三一三［編集］
振替　〇〇一七〇−四−二六三九

印刷　株式会社　堀内印刷所
製本　ナショナル製本協同組合

落丁・乱丁本はお取り替えいたします。
定価は、カバーに表示してあります。

ISBN978−4−576−13156−6
http://www.futami.co.jp/

二見時代小説文庫

喜安幸夫 はぐれ同心 闇裁き1～11
浅黄斑 無茶の勘兵衛日月録1～17
八丁堀・地蔵橋留書1
麻倉一矢 かぶき平八郎荒事始1
井川香四郎 とっくり官兵衛酔夢剣1～3
蔦屋でござる1
江宮隆之 十兵衛非情剣1
大久保智弘 御庭番宰領1～7
火の砦 上・下
大谷羊太郎 変化侍柳之介1～2
沖田正午 将棋士お香 事件帖1～3
陰聞き屋 十兵衛1～3
風野真知雄 大江戸定年組1～7
楠木誠一郎 もぐら弦斎手控帳1～3
倉阪鬼一郎 小料理のどか屋 人情帖1～9
小杉健治 栄次郎江戸暦1～11
佐々木裕一 公家武者 松平信平1～7
武田櫂太郎 五城組裏三家秘帖1～3

辻堂魁 花川戸町自身番日記1～2
花家圭太郎 口入れ屋 人道楽帖1～3
目安番こって牛征史郎1～5
早見俊 居眠り同心 影御用1～11
天下御免の信十郎1～9
幡大介 大江戸三男事件帖1～5
聖龍人 夜逃げ若殿 捕物噺1～9
氷月葵 公事宿 裏始末1
藤井邦夫 柳橋の弥平次捕物噺1～5
藤水名子 女剣士 美涼1～2
松乃藍 つなぎの時蔵覚書1～4
牧秀彦 毘沙侍降魔剣1～4
八丁堀 裏十手1～5
森詠 忘れ草秘剣帖1～4
剣客相談人1～9
森真沙子 日本橋物語1～10
吉田雄亮 新宿武士道1
侠盗五人世直し帖1